KB104724

약속의 네버랜드

THE PROMISED NEVERLAND

~추억의 필름들~

원작 **시라이 카이우** 그림 **데미즈 포스카** 소설 **나나오**

엠마

뛰어난 운동신경과
높은 학습능력을 가진
무드메이커.

레이

GF하우스의 아이들 중
유일하게 노먼과 겨룰
수 있는 지략가.

노먼

뛰어난 분석력과 냉정
한 판단력을 겸비한 GF
하우스 제일가는 천재.

필

엠마를 좋아하며 언제
나 활기찬 남자아이.

길다

높은 통찰력으로 모든 일에
대처하는 영리한 여자아이.

돈

밝고 지기 싫어하며
가벼운 성격.

라니온

단짝 친구 토마와
언제나 함께.

토마

단짝 친구 라니온과
언제나 함께.

냇

조금 겁이 많고 약
간 나르시시스트.

안나

얌전하지만 마음이 강하
고 모두에게 상냥하다.

✤ 아이들의 지원자

W. 미네르바

본명 제임스 러트리. 귀신과 약
속을 맺은 일족의 후예.

✤ 사혈의 소녀 일행

귀신을 인간형으로 유지하는 피의 힘 때문에 왕
가에 잡아먹혔다고 전해지나 은밀히 살아남았다.

무지카   송쥬

✤ GF하우스의 어른

이자벨라

엠마와 아이들을 기른
우수한 사육감.

✤ GF하우스의 귀신들

발달한 인간의 뇌를 먹기
위해 아이들을 기른다.

약속의 네버랜드

THE PROMISED NEVERLAND

~추억의 필름들~

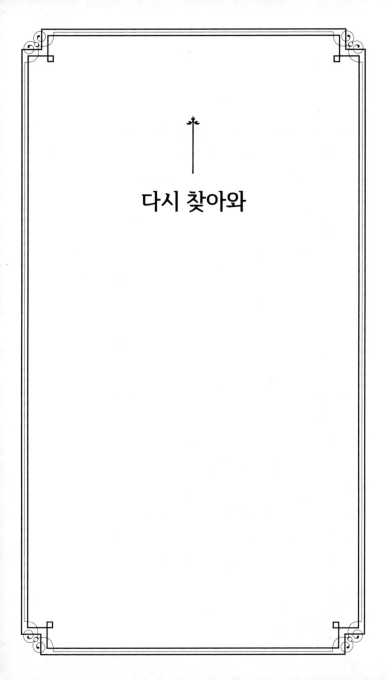

다시 찾아와

오두막 창 너머로 따사로운 햇살이 비쳐들었다.

엠마는 유리가 흔들릴 만큼 힘차게 창문을 열었다. 그 순간 커튼을 흔들며 햇살과 함께 부드러운 바람이 방 안으로 불어왔다.

"날씨 좋다."

엠마는 엷은 푸른빛을 띤 하늘을 올려다보며 미소 지었다.

눈이 녹고 봄이 찾아오자 맨 먼저 바람 냄새가 달라졌다. 엠마는 볼을 어루만지는 공기를 가득 들이마셨다. 그리 멀지 않은 곳은 전쟁으로 오염되어 마스크를 쓰지 않으면 다닐 수도 없지만, 그것이 믿어지지 않을 만큼 오늘은 유달리 맑고 쾌청했다.

푸른 하늘 저편에서 새 지저귀는 소리가 들렸다.

"이제 거의 다 오지 않았을까?"

아침부터 몇 번씩 창밖을 바라보는 소녀를 향해, 함께 사는 노인은 웃으며 말을 건넸다.

"응."

엠마는 고개를 끄덕이고는 여전히 조바심이 남은 얼굴로 창가에서 물러나려 했다.

그때 언덕 너머에 사람 그림자가 보였다.

"아!"

엠마는 짧게 소리치고 오두막을 뛰어나왔다. 목에 걸린 펜던트가 주인의 움직임을 따라 크게 흔들렸다.

한적한 봄날의 길 위에 사람 모습이 떠올랐다. 한 사람이 아니었다.

선두에서 걷던 소년이 달려오는 엠마를 알아차리고 활짝 웃었다.

"엠마!"

필과 그 손에 이끌린 캐롤이 뛰어왔다. 그 뒤에서 다른 형제자매들도 따라왔다. 토마와 라니온이 달리고, 마르크, 나일라가 굴러오듯 뒤따랐다. 어린 동생들의 손을 잡고 도미니크와 이베트, 크리스티, 알리시아, 제미마, 로시가 뒤를 이었다. 냇이 달리고 안나가 머리카락을 날리며 손을 흔들었다. 역시 크게 손을 흔드는 돈과 미소를 지은 길다.

그리고 맨 뒤에는 레이와 노먼의 모습이 있었다.

"모두 어서 와!"

엠마는 크게 손을 마주 흔들었다.

* * *

그날 엠마는 '가족'과 재회했다. 약속을 다시 맺은 대가로 잃었던 '가족'이다.

'너의 세계에서 네 가족을 가져가겠어.'

그것이 █████가 요구한 '대가'였다.

1000년 전, 인간과 또 하나의 종족은 █████와 하나의 '약속'을 맺었다. 그에 따라 세계는 둘로 나뉘었다. 그리고 귀신이라 부르는 그 종족들의 식량으로 일부 인간이 남겨졌다.

그것이 엠마 같은 식용아의 선조다.

두 세계는 서로 왕래할 수 없다. 식용아는 계속 희생된다. 그것은 결코 바꿀 수 없는 운명… '약속'이었다.

그러나 엠마는 █████에게 도달해 마침내 그 '약속'을 다시 맺었다.

귀신 세계에 멸망도 전쟁도 가져오지 않고 식용아 전원이 인간 세계로 간다.

'가족들 모두 웃으며 살 수 있는 미래를.'

엠마는 그 '대가'로 가장 소중한 것을 바쳤다.

그것이 '가족'이었다.

가족들과 관련된 모든 것을 엠마는 잃었다.

세상에 태어나 기억을 갖기 시작한 순간부터 엠마의 모든 것은 가족과 떼려야 뗄 수 없었다. 태어나고 자란 곳도, 자신의 이름을 부르는 사람들도, 경험해 온 모든 것이 가족과 연결되어 있었다.

엠마는 지금까지의 기억을 모두 잃은 채 홀로 이 세계에 떨어졌다. 아무것도 모르고 눈 속을 헤매다 쓰러진 엠마를 이곳 변두리에 사는 노인이 구조했다.

지금까지의 시간들이 텅 비어 있다는 것은 망망대해를 표류하듯 막막하고 두려운 심정이었다.

엠마는 매일 과거를 떠올리려 했다. 갖고 있는 물건은 여행에 필요한 장비와 총, 책, 그리고 사진과 펜던트 하나였다.

모두 분명 소중한 물건들임은 알 수 있었다.

예쁜 돌을 끼운 펜던트는 분명 처음 보는 것일 텐데도 손에 쥐면 가슴이 꽉 미어져 왔다.

사진도 몇 장 있었는데 함께 찍은 인물은 닳고 색이 바래 알아볼 수 없었다. 사진의 소녀가 자신이라는 것은 알았다. 하지만 이때의 일을 엠마는 아무것도 떠올릴 수 없었다.

'왜 이런 얼굴을 하고 있을까?'

엠마는 후후 하고 작게 웃었다. 뭔가에 놀란 듯 얼굴에 손을 포개고 있다. 함께 찍힌 사람은… 이것을 찍은 사람은 대체 누구일까.

아무것도 모른 채 시간만 흘렀다.

그러는 사이에도 소중한 사람들의 꿈을 꾸었다. 눈을 뜨면 사라져 버리는 꿈을.

이유 모를 눈물에서 엠마는 과거의 그림자를 느꼈다.

아침에 눈을 뜰 때 시계는 반드시 여섯 시를 가리켰고, 식사 전에는 무의식적으로 손을 마주잡았다. 숲도 황무지도 어째서인지 아무렇지 않게 헤치며 걸을 수 있었다.

몸에 밴 무언가가 엠마 자신에게서 사라진 것을 가르쳐 주려는 듯했다.

무언가를 잃은 감각은 그대로였지만 엠마는 현재의 생활을 받아들이기 시작했다. 두껍게 쌓였던 눈이 녹고 지면에 풀꽃이 싹트기 시작할 무렵, 엠마는 자연스레 웃을 수 있게 되었다.

계절은 흐르고 두 번째 봄을 맞았다.

그리고 갑작스레 그 꿈은 현실이 되었다.

엠마는 그날 노인과 함께 마을에 물건을 사러 내려와 있었다. 떠들썩한 거리 풍경에 엠마는 발걸음이 가벼워졌다.

그러다 펜던트를 떨어뜨렸다.

황급히 찾다가 발견한 펜던트를 주우려 할 때였다. 그때 누군가가 처음 듣는 이름으로 엠마를 불렀다.

"엠마…!"

낯선 소년 소녀들이 벅찬 얼굴로 자기를 끌어안고 에워쌌다.

엠마는 무슨 일인지 영문을 몰랐다. 그저 놀랍고, 혼란스럽고, 그러나 동시에 그 꿈을 꿀 때와 같은 감각이 가슴속에 퍼졌다.

누군지도 모르고 무슨 말인지도 알 수 없다.

그래도….

"보고 싶었어…."

그렇게 엠마는 말했다.

결코 빼앗을 수 없는, 혼에 새겨진 부분이 엠마를 눈물 흘리게 했다.

그날부터 엠마는 조금씩 그 '가족'들에게 이야기를 들었다.

자신의 이름이 '엠마'라는 것, 다른 세계에 살았으며 그곳은 '귀신'이 인간을 식용으로 관리하는 곳이라는 것. 자기들은 '식용아'였으며 그 세계에서 탈출해 여기로 왔다는 것.

목에서는 사라진 인식 번호도 다시 만난 형제들의 목에는 남아 있었다.

모든 것이 길고 긴 공상 이야기 속에서 일어난 일 같았다. 하지만 엠마는 진지하게 귀를 기울였다. 지어낸 이야기가 아니라는 것은 그들이 말하는 태도에서 전해졌고, 왜 총 같은 장비를 갖고 있었는지도 설명이 되었다.

같이 살자.

그 말을 듣고서야 엠마는 표류하던 이 세계에서 비로소 땅을 딛고 서게 된 기분이 들었다. 과거의 자신과 지금의 자신이 이어졌다.

옛 가족과 다시 만나기는 했지만 엠마는 그래도 이 오두막에 남아서 살기로 했다. 노인은 다시 찾은 가족과 함께 가라고 했지만 엠마는 고개를 저었다.

기억을 잃은 자신을 구해 준 고독한 노인 역시 엠마에게는 이미 분명한 '가족'이었으므로.

* * *

둘이서 살기에는 휑하게 느껴질 만큼 넓은 오두막이었지만 모두가 들어오자 빈 공간은 꽉 차 버렸다.

"집이 멋지다!"

"굉장해! 하우스에 살던 때 같아!"

난로며 벽에 장식한 사진을 아이들은 호기심 가득한 눈으로 둘러봤다.

"죄송합니다, 시끄럽게 해서."

안쪽 부엌에 있던 노인에게 노먼은 고개를 숙였다.

"괜찮아, 천천히 놀다 가게."

노인은 잠시 눈이 부신 듯 아이들이 웃는 풍경을 바라보고 테라스 쪽으로 나갔다.

"의자가 모자라겠네."

부엌 쪽에서 둥근 의자를 가져오는 엠마를 거들며 길다가 쓴 웃음을 지었다.

"너무 많이 와서 미안해."

"아니야!"

엠마는 웃는 얼굴로 고개를 저었다. 길다는 어깨를 으쓱했다.

"그래도 보고 싶어 하는 인원수를 꽤 추렸는데."

둘을 도와 함께 의자를 놓으면서 크리스티가 끼어들었다.

"실은 있지, 바이올렛이랑 질리언도 오고 싶어 했어."

"올리버도 나이젤도! 그리고 시스로랑 바바라도."

차례로 이름을 대는 아이들을 보며 엠마가 웃었다.

"그렇구나."

그 이름을 가진 소년 소녀들을 엠마는 기억해 내지 못했다.

하지만 자신을 만나고 싶어 하는 사람들이 그렇게 많다는 사실을 알게 되어 기뻤다.

열어 놓은 창문으로 따뜻한 봄바람이 불어와 커튼을 살랑살랑 흔들었다.

엠마는 책 한 권을 가져와 테이블에 놓았다. 해지고 두꺼운 책의 제목은 『우고 모험기』다.

"이게 너희였구나."

엠마는 책을 펼치고 페이지 사이에 끼어 있던 사진을 꺼냈다.

"아…."

그것을 보고 형제들은 탄성을 질렀다.

사진은 그들이 봤던 때와 전혀 달랐다.

하우스의 복도나 정원과 하얀 옷을 입은 아이들은 어렵사리 판별할 수 있었지만 빛이 바래고 너덜너덜하게 닳아 얼굴은 알아볼 수 없었다.

"그렇구나… 엠마의 기억만이 아니라 사진도….”

냇이 중얼거리고, 다른 형제들과 함께 인물이 지워진 사진을 바라보았다.

"음, 이건 아마 마르크랑 도미니크 같고….”

"아, 정말이네.”

형 옆에서 들여다보던 두 사람이 그때의 기억을 되살려 소리를 높였다.

"이건 나야!”

한 장을 들고 필이 외쳤다. 무엇을 찍었는지 거의 알아볼 수 없는 사진은 아무래도 카메라에 너무 가까이 다가간 필의 얼굴 같았다.

"이건 누구지? 뒤돌아서 있는데?”

사진을 들여다보며 라니온이 미간을 좁혔다. 토마도 팔짱을 끼고 생각했다. 형제들은 아주 작은 힌트와 여러 해 전의 기억을 근거로 인물과 피사체를 대조해 갔다.

"레이, 대답해 주지 그래?”

노먼이 쳐다보자 레이는 어깨를 으쓱하고 웃었다.

"라니온, 토마, 너희야."

"뭐?!"

자신들일 거라고 생각하지 못했던 두 사람이 목소리를 높였다. 뒤에서 찍었기 때문에 몰랐지만 여행 도중에 본 사진들 중에는 분명 이런 앵글도 있었다.

필이 엠마 옆에서 의기양양하게 말했다.

"하우스 사진은 레이가 찍었어."

"그렇구나."

돌아보는 엠마에게 레이는 끄덕였다. 그리운 듯 낡은 사진을 바라봤다.

"그때는 탈옥에 필요한 장치를 만들려고 요청했지만."

레이는 쓴웃음을 짓고 중얼거렸다.

"찍어 두길 잘한 것 같아."

선명한 사진은 없어져 버렸지만 엠마와 다시 만나, 빛바래고 떨어져 나간 부분을 이렇게 맞추어 간다.

레이는 입가에 엷은 미소를 띤 채, 놀란 표정을 짓는 엠마와 그 옆에 노먼이 있는 사진을 집어 들었다.

그것은 두 번째로 찍은 사진이다.

레이는 첫 사진을 찍었을 때의 일을 떠올렸다. 마치 시간을 박제한 것 같다고 그때도 생각했지만, 그 느낌은 시간이 지날

수록 더욱 강해진다는 것을 실감할 수 있었다.

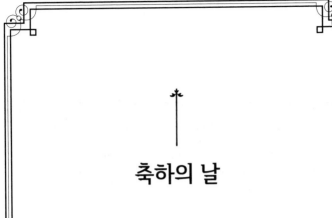

축하의 날

(애니메이션 〈약속의 네버랜드〉 1기 공식 HP 게재)

테이블에 펼친 사진을 바라보며 엠마는 눈을 가늘게 떴다.

"하우스는 우리가 도망쳐 나온 곳이었구나….”

얼굴을 알아볼 수 없는 그 사진을 집어 들었다. 기억은 사라졌지만 사진 한 장 한 장마다 전해지는 공기에 엠마는 웃음을 머금었다.

"하지만 즐거웠던 일도 많았겠지.”

동생들은 그 말에 크게 끄덕였다.

"응! 즐거웠어!”

"여러 가지 재미있는 걸 많이 했었어!”

"술래잡기랑 숨바꼭질이랑.”

"크리스마스!”

"생일 파티도…!”

입을 모아 말하는 형제들을 보니 엠마는 저도 모르게 미소가 지어졌다.

"역시 즐거웠을 것 같아!”

어떤 놀이나 행사도 지금의 엠마에게는 구체적으로 떠오르지 않는다. 그래도 그 말을 할 때마다 웃음 짓는 형제들의 얼굴을 보니 덩달아 마음이 들떴다.

필은 엠마를 올려다보고 싱글벙글 웃으며 이야기했다.

"엠마는 있지, 크리스마스 때는 언제나….”

* * *

크리스마스의 GF(그레이스 필드) 하우스는 트리나 리스로
환하게 장식되어 있었다. 따뜻한 놀이방 안에서 아이들은 저마
다 조바심이 나는 듯 떠들어 댔다.

"산타 할아버지가 올해는 뭘 갖다주실까?”

10살 엠마는 산타클로스가 등장하는 그림책을 필과 코니에
게 읽어 주면서 즐거운 듯 중얼거렸다.

"난 기차 갖고 싶어!”

"있지… 난 있지… 뭐든지 좋아.”

코니는 얌전하게 말하고 방긋 웃었다.

"엠마는?”

동생의 물음에 엠마는 주먹을 굳게 쥐고 대답했다.

"선물은 없어도 좋으니까 올해는 꼭 산타 할아버지를 만나고
싶어!!”

그 말에 옆에 있던 노먼이 소리 내 웃었다.

"엠마, 너 작년에도 그런 말 하더라.”

"작년뿐이냐, 5살 때부터 그러던걸.”

책을 읽으며 레이가 담담히 말을 거들었다. 엠마는 "어, 내가

그랬나?!" 하고 두 사람을 향해 고개를 돌렸다.

"아~ 직접 만나서 고맙습니다, 하고 인사했음 좋겠는데."

엠마는 산타 그림책을 바라보며 아쉬운 듯 중얼거렸다.

"나도 산타 만나고 싶어!"

"나도. 산타 할아버지한테도 선물을 주고 싶어."

필과 코니의 말에 엠마는 크게 끄덕이고 힘차게 일어섰다.

"좋아, 그럼 하우스를 나가면 다 같이 산타 할아버지를 만나러 가자!"

엠마의 선언을 듣고 동생들은 와~ 하며 환호성을 질렀다.

"뭐어? 직접 만나러 가겠다고?!"

어이없이 말하는 레이에게 엠마는 당연한 듯 대꾸했다.

"레이도 가는 거야."

"난 빼 줘. 보나마나 더럽게 추울 텐데….."

"왜애~! 다 같이 가야지!"

두 사람의 대화를 듣고 노먼이 웃음을 터뜨렸다.

"하하, 엠마답다니까."

침대에 누워 얌전하게 산타 할아버지를 기다리는 성미는 아니다. 정말 있는지도 모를 머나먼 산타 나라지만 엠마라면 정말 거기까지 갈 수 있을 것만 같았다.

"애들아, 눈이 와~!"

놀이방으로 힘차게 뛰어든 돈이 창을 가리키며 알려 줬다.

"뭐? 진짜?!"

창가로 달려가니 잔뜩 찌푸린 하늘을 배경으로 작은 눈송이가 하늘하늘 떨어지는 것이 보였다.

"내일은 쌓이겠지?"

"눈사람을 만들래!"

엠마는 온통 하얗게 물든 앞마당을 떠올렸다. 그것은 상상 속의 산타 나라와 같았다.

* * *

형제들의 입을 통해 들은 크리스마스의 한 대목에 엠마는 소리 내어 웃었다.

"내가 그런 말을 했단 말이지?"

산타 할아버지를 만나러 가고 싶다. 어린아이 같은 소원이지만 지금 들어 봐도 역시 만나러 가고 싶다는 생각이 들었다. 지금 여기 있는 가족들 모두 다 같이.

제미마가 두 손을 가슴 앞에 모으고 중얼거렸다.

"작년 크리스마스엔 있지, 선물은 필요 없으니까 엠마를 만나게 해 달라고 빌었어."

"나도야! 그랬더니 이루어졌어!"

마르크가 몸을 내밀고 말했다. 나도, 나도, 하고 어린 동생들이 차례로 목소리를 높이자 엠마는 가슴이 벅차올랐다.

"그렇구나…."

이 오두막에서 긴 겨울을 보내는 동안 '가족'들은 모두 한마음이 되어 자기를 찾아 주었던 것이다.

"크리스마스 다음에는…."

얼굴을 마주 보고 아이들은 소리쳤다.

"레이 생일이야!"

이름을 불리자 레이는 앞머리에 가려진 눈을 살짝 크게 떴다.

＊　＊　＊

그날 점심시간 후, 레이는 읽던 책이 안 보인다는 것을 깨달았다.

"……?"

방도 식당도 찾아봤지만 보이지 않아 하는 수 없이 새 책을 빌리러 도서실로 향했다. 언제나처럼 문고리를 비틀어 문을 열고 안으로 들어갔다.

들어간 도서실에는 하늘하늘 눈이 내리고 있었다.

"어…? 이게 뭐지?"

레이는 눈을 크게 떴다. 도서실은 온통 하얗게 물들어 있었

는데, 자세히 보니 바닥이며 책장을 덮은 것은 침대 시트였고 내리는 것은 종이 눈이다. 레이는 눈송이 하나를 손바닥에 받았다. 그 순간 큰 소리가 울려 퍼졌다.

"레이, 해피 버스데이!!"

도서실 2층에서 큰 목소리와 함께 형제들이 일제히 종이 눈을 뿌렸다.

하얀 눈이 흩날리며 검은 머리의 소년을 감쌌다. 레이는 머리 위에서 내리는 종이 눈을 바라봤다. 그 너머에는 형제들의 웃는 얼굴이 빛나고 있었다.

'그렇구나… 생일이라.'

2층에서 내려와 엠마와 노먼은 레이에게 달려왔다.

"굉장하지? 노먼이 생각해 냈어!"

"다 같이 종이를 잘라서 만들었어."

노먼은 손에 쥔 종이 눈을 보여 줬다. 의기양양한 두 사람을 마주보고 레이는 입을 열었다.

"굉장하긴 한데… 왜 눈이야?"

서프라이즈의 의도를 모르는 레이에게 엠마가 눈을 동그랗게 뜬다.

"어?! 레이 너, 눈이 내리면 좋겠다고 했잖아?"

"내가 그랬던가?"

짐작이 가지 않아 레이는 고개를 갸웃거렸지만 기억을 더듬어 가다 문득 깨달았다.

"…아아, 그거구나."

레이는 지난달에 아무 생각 없이 중얼거렸던 말을 떠올렸다.

올해는 아직 한 번도 하우스에 눈이 내리지 않아, 밖에서 놀던 동생들이 아쉬운 얼굴로 하늘을 올려다보곤 했다. 눈싸움을 하고 싶다는 알리시아와 도미니크, 썰매를 타고 싶다는 로시와 크리스티. 그런 모습을 보며 말한 것이다.

"눈이 오면 좋겠네."라고.

아무래도 그 말이 형제들의 입에서 입으로 건너가 이렇게 된 모양이다.

"레이, 눈… 기쁘지 않아?"

옆에 다가온 코니가 걱정스러운 듯 올려다보며 물었다. 그 얼굴에 레이는 살짝 웃었다.

"아니, 기뻐. 고맙다."

그 표정에 엠마도 노먼도 얼굴을 마주 보며 웃음을 나눴다.

"그럼 다시! 레이, 10살 생일을 축하해~~!!"

그렇게 외치고 다시 한번 엠마와 아이들은 종이 눈을 흩날려 오늘의 주인공을 축하했다.

* * *

"레이는 1월에 태어났구나!"

엠마가 그렇게 말하자 레이는 잠시 말이 없다가 "어." 하고 끄덕였다. 이어 들려주듯 중얼거렸다.

"내 생일은 1월 15일이야."

"늦었지만 생일 축하해!"

엠마는 웃으며 말한 후 레이의 얼굴을 보고, 주위의 형제들을 둘러보고는 조심스레 물었다.

"그런데 얘들아… 내 생일은 언제인지 알아?"

자신을 가리키며 묻는 엠마에게 형제들은 소리를 모아 대답했다.

"물론이지!"

그렇게 대답하는 아이들의 머릿속에는 이내 밝은 여름 하늘과 햇빛, 그리고 하우스 정원에 활짝 핀 해바라기가 떠올랐다.

* * *

"와! 날씨 좋다!"

한여름 햇살에 하우스 지붕이 반짝거렸다. 탁 트인 새파란 하늘 아래에서 엠마는 형제들과 함께 마당을 달렸다.

"엠마!"

부르는 소리에 시선을 내리니 어린 남자아이가 서 있었다.

"필, 무슨 일이니?"

몸을 굽힌 엠마에게 필은 웃으며 재빨리 다른 곳으로 뛰어갔다.

"이쪽으로 와!"

"?"

엠마는 앞서 달리는 필을 의아한 듯이 따라갔다. 필의 모습은 하우스 모퉁이를 돌아 보이지 않게 되었다.

하우스 주위 한 곳에는 엄마가 공들여 가꾸는 화단이 있다. 지금은 키 큰 해바라기 꽃이 셀 수도 없을 만큼 흐드러져 있다. 필을 따라 모퉁이를 돈 엠마 앞에는 그 노란 꽃만 펼쳐져 있었다.

"어? 필?"

그때 바스락거리며 해바라기가 움직였다. 깜짝 놀란 엠마가 시선을 돌리자 그 해바라기 그늘에서 숨어 있던 형제들이 일제히 뛰쳐나왔다.

"엠마, 생일 축하해!!"

필이 들고 있던 해바라기 꽃다발을 엠마에게 내밀었다.

"와아! 다들 고마워!"

해바라기 꽃다발을 받아 들고 엠마는 환성을 질렀다. 꽃다발을 높이 들어 올리고 엠마는 형제들 사이에 있던 두 친구를 향해 소리쳤다.

"노먼, 레이! 나 오늘 생일이었대!"

"아하하, 그래?"

"역시 잊어버렸잖아."

기뻐하는 큰언니의 얼굴을 보고 제미마와 안나가 웃었다.

"다행이다, 엄마랑 같이 가꿨는데 혹시 늦을까 봐 걱정했어."

"굉장히 예쁘게 피었네! 꽃다발로 만들기엔 아까울 정도야!"

엠마는 발돋움을 해서 화단의 해바라기를 만져 봤다. 그런 엠마에게 길다가 알려 줬다.

"후후, 해바라기 화단으로 축하하자는 생각은 필의 아이디어야."

"어, 그랬어?"

엠마는 어린 남동생을 돌아봤다. 필은 기운차게 끄덕였다.

"응, 엠마는 해바라기 같으니까."

"그런가?"

"보고 있으면 나도 힘이 나!"

동생의 말에 엠마는 환한 미소를 지었다.

"고마워, 필!"

"아… 내년에도 엠마 생일을 축하했으면."

올해 엠마는 열한 살이 되었다. 하우스에 있을 수 있는 기한은 올해까지다. 아쉬워하는 필에게 엠마는 쪼그려 앉아 시선을 마주했다.

"그럼 내가 내년 이날에 필을 만나러 올게!"

뜻하지 않은 엠마의 말을 듣고 동생의 눈이 동그래졌다. 옆에서 듣던 형제들도 모두.

어이없다는 듯 레이가 끼어들었다.

"야, 대체 얼마나 축하를 받고 싶은 건데?"

"어… 뭐 어때? 레이도 와! 노먼도!"

"후후, 응. 알았어."

엠마와 형제들의 이야기를 듣고 노먼은 재미있다는 듯 웃었다. 올해가 마지막이라고 생각했던 필은 내년에도 기대할 일이 생겨 신이 나는 듯 뛰어올랐다.

"와아! 그럼 내가 또 선물을 잔뜩 준비해 놓고…"

누나를 올려다보고 필은 피어나는 꽃처럼 활짝 웃었다.

"기다릴게!"

* * *

"그렇구나, 내 생일은 여름이구나."

엠마는 자기 생일 날짜를 되풀이하고 앞으로 다가올 계절을 마음에 그렸다.

상쾌한 바람과 눈부신 햇살의 계절은 엠마가 1년 중에서도 특히 마음이 벅차오르는 시기였다. 내 생일은 여름이구나, 하

는 엠마의 얼굴에 다시 한번 기쁨이 배어 나왔다.

"기대되네."

필은 엠마의 그런 얼굴을 보고 기쁜 듯 알려 주었다.

"그동안 엠마의 생일을 축하 못 했으니까 올해는 지금까지 못 한 만큼 아주 크게 축하해야지!"

마주 보며 끄덕이는 아이들에게 엠마는 후후 하고 웃어 주었다.

"고마워."

그리고 테이블 건너편에 앉은 노먼을 보았다.

"노먼은?"

엠마가 묻자 노먼의 눈이 약간 커졌다. 자신의 이름이 나올 줄은 생각하지 못한 듯 놀란 목소리로 대답했다.

"응?"

"생일, 언제야?"

노먼은 눈꼬리를 살짝 접었다.

"내 생일은 사실 얼마 전에 지나갔어."

"어, 그랬어? 축하해!"

엠마는 눈을 동그랗게 떴다가 축하 인사를 건넸다. 그 표정을 노먼은 눈부신 듯 바라보았다.

"고마워."

노먼은 미소 지었다. 다시 한번 생일을 서로 축하하는 날이 오다니, 하고 곱씹어 생각했다.

그때 하우스를 떠나는 길을 택하는 날까지 매년 눈앞에 있던 소녀가 형제들과 함께 생일을 축하해 줬다.

노먼은 어린 엠마의 구김살 없는 목소리를 이내 떠올릴 수 있었다.

* * *

"노먼이 감기에 걸렸어요?"

만들던 종이접기 장식을 떨어뜨리고 어린 엠마는 일어섰다. 놀이방에 들어온 이자벨라는 달려온 엠마 앞에 무릎을 꿇었다.

"그래, 그런가 보구나. 열도 많이 나서 오늘 생일 파티는 어렵겠어."

안쓰러운 표정의 이자벨라 주위로 엠마 외에도 다른 형제들이 차차 모여들었다.

3월 21일. 오늘은 노먼의 여섯 번째 생일이었다.

"생일인데, 노먼 불쌍해…."

"다 나으면 축하할까?"

엠마는 말을 나누는 형제들 사이에서 빠져나왔다. 그리고 레이의 옷을 잡아당겼다.

"레이, 그거 또 쓸 수 있을까?"

책을 읽던 레이는 엠마가 무슨 말을 하려는지 금세 알아챘다. 무표정하게 끄덕이고 책을 덮고는 일어섰다.

저녁 식사 후 엠마는 이자벨라를 불렀다.

"엄마, 노먼에게 축하한다는 말만 하고 싶어요."

종이컵을 가져온 엠마에게 오늘은 이자벨라도 안 된다고 할 수 없었다.

"하는 수 없구나."

한쪽 컵을 든 이자벨라가 의무실 문을 열고 들어갔다. 엠마는 걱정스레 안을 들여다봤다.

실 전화는 감기에 걸린 노먼이 의무실에 혼자 누워 있는 것이 가엾다며, 전에 엠마와 레이가 생각한 방법이었다.

이자벨라가 나와서 문을 닫았다. 가져온 실 전화의 실이 방 안에서 팽팽히 당겨진 것을 확인하고 엠마는 컵에 입을 가져갔다.

"노먼, 들리니?"

컵에 대고 말을 한 다음 엠마는 그것을 다시 귀에 가져다 댔다.

"들려, 엠마."

실을 따라 노먼의 목소리가 들려왔다. 엠마는 활짝 웃음을 지었다. 큰 소리로 외쳤다.

"기다려 봐. …애들아, 다들 모여!"

"노먼, 전화를 귀에서 좀 떼어 놓는 게 좋겠다."

대조적으로 담담한 레이의 말투는 그 표정까지 떠오를 듯했다. 작게 웃으려다 살짝 기침이 났다. 노먼은 귀에 바짝 대고 있던 컵을 약간 멀리했다.

그 순간 실이 흔들릴 정도로 큰 소리가 울렸다.

"해피 버스데이 노먼!!"

실 전화 컵에서, 그리고 닫힌 문마저 아랑곳없이 형제들의 기운찬 목소리가 들렸다. 노먼은 눈을 커다랗게 떴다.

"노먼, 들었어?"

실 전화에서 엠마의 목소리가 흘러나왔다. 노먼은 미소 짓고 컵에 입을 가져갔다.

"응, 잘 들었어. 다들 고마워."

생일 당일에 감기에 걸린 노먼이 맨 먼저 한 생각은, 축하해 주려고 열심히 궁리하던 형제들이 실망했겠구나 하는 것이었다.

하지만 다들 이렇게 실 전화를 통해서라도 축하해 주었다. 실을 따라 전해지는 즐거운 공기가 노먼에게는 가장 기쁜 선물이었다.

언제나 의무실에 있을 때는 이 실 전화가 형제들과 자신을 이어 주었다. 어린 시절 이것을 만들어 준 것은 엠마와 레이다.

"......."

출하되던 날 밤, 노먼은 텅 빈 트렁크에 추억의 실 전화를 넣었다.

*　*　*

노먼은 눈을 감았다.

그때는 포기했었다. 하우스의 밤, 출하를 선택한 날. 두 번 다시 엠마에게 생일을 축하받을 일은 없을 거라고 생각했다.

하지만 이번에는 포기하지 않았다. 아무리 아득하게만 느껴지더라도 엠마가 이 세계 어딘가에 있다면 찾아내고 말겠다고 결의했다.

2년이나 걸려 버렸다며 노먼은 나무라듯 마음속으로 자조했다.

"미안해, 노먼."

회상에 잠긴 사이 엠마가 사과를 해, 노먼은 퍼뜩 정신을 차렸다. 엠마는 면목 없다는 듯 웃으며 볼을 긁었다.

"선물로 줄 만한 게 아무것도 없네."

엠마는 주위 형제들에게도 비슷한 쓴웃음을 보냈다.

"지금까지 나는 분명 매년 잊지 않고 모두의 생일을 축하해 왔던 거지? 모두에게도 미안해."

그런 말을 들을 줄 몰랐던 형제들은 크게 고개를 저었다.

"하나도 미안할 것 없어!"

"우리도 엠마한테 선물을 못 줬는걸."

노먼은 따뜻한 목소리로 속삭였다.

"너를 다시 찾은 것이 우리에겐 충분하고도 남을 정도의 선물이야."

그 말에 형제들은 동의했다. 길다도 돈도, 안나도 냇도 엠마를 보며 웃고 있었다.

"응, 노먼 말이 맞아."

"엠마랑 다시 만난 게 최고의 선물이야!"

엠마는 웃음을 띤 형제들을 둘러보고 결심한 듯 입을 열었다.

"모두의 생일을 가르쳐 줘! 나 절대 잊지 않을 테니까!"

형제들은 차례로 생일을 말했다. 엠마는 메모도 하지 않은 채 정말 귀로 듣기만 하고도 모두의 생일과 몇 살이 되는지를 외워 갔다.

약속의
네버랜드
THE PROMISED
NEVERLAND
~추억의 필름들~

폭풍우 치는 밤 대작전

(애니메이션 〈약속의 네버랜드〉 1기 Blu-ray&DVD Vol.1 소책자 게재)

축하의 추억만으로도 화제는 끊이지 않았다. 엠마는 형제들이 이야기하는 훈훈한 일화나 해프닝에 이랬다 저랬다 표정을 바꾸며 숨을 헐떡거릴 정도로 웃었다.

"아하하, 재밌다! 그런 일도 있었구나."

큰 웃음소리가 들려 테라스에 있던 노인은 눈을 가늘게 접었다. 겨우내 눈 때문에 망가진 집을 수리하면서 안에서 들려오는 떠들썩한 웃음소리에 귀를 기울였다.

"다른 건? 하우스에서 어떤 일이 있었어?"

엠마는 즐거운 듯 물었다. 기억은 없어도 하우스에서 있었던 일은 어떤 이야기도 엠마의 가슴을 뛰게 했다.

"있잖아… 맞아, 엄청난 폭풍이 친 적이 있었는데!"

"맞아, 맞아! 번개도 엄청 쳤고."

제미마의 말에 알리시아도 크게 끄덕였다. 그 폭풍과 번개가 치던 밤의 일을 화제에 올리자 다른 형제들도 흥분한 듯 입을 열었다.

"무서웠지만… 그래도 즐거웠어!"

"텐트도 치고."

"그림자놀이도 하고!"

"악기도 연주해 보고!"

어린 아이들이 말하는 내용에 엠마는 고개를 갸우뚱했다.

"폭풍우가 치는 밤에?"

동생들은 장난스레 얼굴을 마주 보며 그날 밤의 이야기를 시작했다.

* * *

그날은 아침부터 하우스 부지에 바람이 거세게 불었다.

숲의 나무들이 소리 내며 흔들리고 머리 위에서는 구름이 바쁘게 흘러갔다.

"와아, 바람이 엄청나!"

오후 자유 시간, 밖에 나가 있던 엠마는 불어닥치는 바람을 맞으며 소리쳤다. 밝은색 고수머리가 평소보다 더욱 자유분방하게 나부꼈다. 돌풍을 맞아 비틀거리는 필을 엠마는 얼른 붙잡았다.

"어떤지 무서울 정도야."

안나가 날리는 머리카락을 누르며 불안한 듯 하늘을 쳐다보았다. 그 옆에서 공을 든 채 마르크와 나일라도 바람 소리에 바짝 긴장해 있다.

"저기, 이렇게 바람이 거세게 불면…."

"혹시 우리 다 날아가 버리는 거 아냐?!"

토마와 라니온이 그들의 몸마저 둥실 날아오를 듯한 바람에 흥분해서 말을 주고받았다. 아이들은 양팔을 벌리고 소리치며 언덕을 뛰어다녔다.

"그럴 리가 없잖아."

나무에 기대어 책을 읽던 레이가 동생들에게 담담히 지적했다. 그 타이밍에 한층 거센 바람이 불어, 팔락팔락 거리며 페이지가 넘어갔다.

"아, 젠장."

읽던 페이지를 놓쳐 레이는 혀를 찼다.

"이거 한바탕 쏟아질 것 같은 하늘이네."

옆에 다가온 노먼이 상공을 올려다보고 중얼거렸다. 입고 있는 셔츠가 바람을 맞아 펄럭였다. 레이도 끄덕였다.

"그래, 곧 쏟아질 것 같아."

바람이 불어오는 북동쪽 하늘은 시커먼 구름에 뒤덮여 있다. 이내 그 구름은 하우스 쪽으로 흘러올 것이다. 레이는 책을 덮고 일어섰다.

"다들 하우스로 돌아가라고 할까?"

노먼은 끄덕이고 동생들과 함께 뛰어다니는 엠마를 불렀다.

"이봐 엠마! 오늘은 이만 돌아가자!"

노먼의 목소리에 달리던 엠마는 급정지했다.

"응, 알았어!"

노먼과 레이에게 달려오던 엠마 위로 갑자기 하얀 물체가 떨어졌다.

"으악?!"

"?!"

레이와 노먼도 갑작스런 일에 눈이 휘둥그레졌다.

엠마를 머리 위로 푹 감싼 것은 바람에 날아온 시트였다.

"엠마, 괜찮아?"

노먼이 시트를 헤치고 파묻힌 엠마를 끌어냈다.

"깜짝 놀랐네…."

"하하 엠마, 나이스 캐치다!"

책을 옆구리에 낀 레이가 놀리듯 웃었다.

"뭐야! 레이도 이거 개는 거 도와줘!"

끌어안은 시트는 바람을 맞아 이내 다시 펄럭였다. 엠마와 노먼은 시트 가장자리를 잡아 차근차근 개켰다.

"엠마! 엄마가 다 같이 빨래를 걷어 오래!"

하우스 쪽을 보니 길다가 손을 흔들며 소리치고 있었다. 그 옆에서는 돈이 쓰러질 듯한 빨래널이를 정리하느라 애쓰는 중이다.

"지금 가!"

다른 형제들도 길다의 부름에 달려왔다. 빨래를 할 때는 바람이 좀 강하게 불 뿐 하늘은 맑았지만 지금은 구름까지 잔뜩 끼어 있다.

후와아악 하는 소리를 내며 돌풍이 불어닥쳤다.

"와!"

들어가려던 문 앞에서 코니가 바람에 쓰러질 뻔했다. 넘어지려는 코니를 뒤에 있던 엠마가 받쳤다.

"코니, 괜찮니?"

"아, 리틀 바니가!"

손에서 떨어진 토끼 솜 인형이 바람에 날려 굴러갔다.

"잡았다!"

힘차게 달려간 돈이, 리틀 바니가 멀리 가 버리기 전에 재빨리 포획했다.

"리틀 바니 정도라면 진짜 날아갈 것 같은 바람이네."

돈은 솜 인형에 묻은 먼지를 털고 동생에게 돌려주었다. 코니는 소중한 토끼 인형을 다시 바람에 빼앗기지 않도록 꼭 끌어안았다.

"돈, 고마워."

인사를 하는 코니에게 돈은 의기양양한 웃음으로 답했다.

해가 지려면 아직 시간이 있을 텐데도 하늘은 어둑어둑했다. 빨래를 걷고 모두가 하우스에 돌아왔을 무렵에는 주위가 온통 어스름에 잠겨 마치 밤 같았다.

"아! 비 온다!"

저녁 식사를 차릴 시간이 되자 바깥 날씨는 거칠어지기 시작했다.

세차게 쏟아지는 비가 하우스 유리창을 앞에서 때리듯 두들겼다.

여느 때는 아늑하고 즐거운 저녁 식사 시간이지만 어린 아이들은 바깥의 소음에 마음을 뺏겨 좀처럼 차분하지 못했다.

"날씨가 안 좋네…."

"…바람 소리가 무서워."

식탁을 정리하는 동안 토마와 라니온은 창가에 달라붙어 지칠 줄도 모르고 관찰을 했다.

"우와, 비가 엄청나!"

"바람도 낮보다 훨씬 강해졌어!"

내다보던 창문 유리에 요란한 소리를 내며 빗방울이 부딪혀 두 사람은 저도 모르게 몸을 젖혔다.

휘우우우 하고 숲을 지나는 바람 소리는 마치 새된 비명처럼, 또는 땅울림처럼 들렸다.

"저기, 이거 정말 바람 소리일까? 어쩐지 유령 울음소리 같아."

들려오는 으스스한 소리에 냇의 얼굴이 바짝 얼어붙었다.

"무서운 소리 하지 마."

그 말을 듣고 설거지한 그릇을 옮기던 제미마가 소리를 질렀다.

"애들아, 걱정할 거 없어. 토마, 라니온도 어서 뒷정리나 도와줘."

길다가 부르며 폭풍에 정신이 팔린 동생들을 재촉했다.

"후우…."

길다는 작게 한숨을 쉬었다.

확실히 이 정도로 날씨가 거친 날은 드물다. 언니 누나로서 평소와 다름없이 행동하는 길다도 가끔 손을 멈추고 걱정스레 밖의 소리에 귀를 기울이곤 했다.

"밖에 바람 엄청나다, 그치?"

"엄마, 비 언제 그쳐요?"

걱정스레 몸을 바짝 대는 아이들의 머리를 쓰다듬으며 이자벨라는 대답했다.

"괜찮아, 곧 그칠 거야."

이자벨라는 웃는 얼굴로 대답했지만 창밖을 보는 얼굴에 순간순간 긴장이 감돌았다. 아이들을 안심시키려고 그렇게 말은 했지만 이 날씨로 보아 폭풍이 금방 지나갈 것 같지는 않았다.

아이들 모두 목욕을 마치고 각자 방으로 돌아갈 무렵이었다.

여전히 거센 폭풍우 소리가 울렸다. 그에 섞여 낮고 무거운

소리가 들리기 시작했다.

"천둥소리…?"

방에서 폭풍에 겁을 먹은 필과 마냐를 달래고 있던 엠마는 그 소리를 듣고 창문 쪽으로 고개를 돌렸다.

그때였다. 밖의 어둠 속에서 날카로운 하얀 빛이 번쩍였다.

엠마는 밤하늘을 가르듯 달리는 번개를 보았다.

"번쩍했어!"

엠마가 말하는 순간 꽈르르릉 하고 커다란 천둥소리가 울려 퍼졌다.

"으아아아앙!!"

순간 어린 동생들이 비명을 지르며 울음을 터뜨렸다.

"천둥소리 무서워!"

대답할 사이도 없이 곧이어 가까운 곳에서 또 천둥소리가 작렬한다. 하우스를 뒤흔들 정도의 소리에 엠마도 무심코 몸을 웅크렸다.

소리가 울리는 동시에 방의 불이 훅 꺼졌다.

"으앙! 캄캄해!"

어둠에 싸인 방 안에서 비명은 점점 더 커졌다.

"엠마!"

"괜찮아."

바짝 매달리는 필과 마냐를 엠마는 손으로 더듬어 확인했다.

창문의 형태가 어슴푸레 떠오를 뿐 방 안은 아무리 눈을 크게 떠도 아무것도 보이지 않았다.

"엠마, 어디 있어?"

"길다, 나 여깄어!"

목소리를 높이던 차에 방문이 열렸다.

"엠마, 괜찮아?"

문으로 비쳐드는 불빛이 방 안을 희미하게 비췄다.

"레이!"

복도에는 램프를 든 레이가 서 있었다. 다른 한쪽 손으로는 코니의 손을 잡고 같은 방 아이들을 데리고 있다.

램프 하나 만큼의 빛이지만 시야를 회복할 수 있어서 엠마는 휴, 하고 안도의 한숨을 쉬었다. 레이는 차분한 목소리로 말해 주었다.

"엄마가 곧 올 테지만 지금은 램프가 하나밖에 없으니 이 방에 모여 있으려고."

"노먼네 방은?"

엠마가 묻는 동시에 복도에서 익숙한 목소리가 들렸다.

"엠마, 레이."

"노먼!"

레이의 불빛을 의지해 노먼이 같은 방의 형제들을 데리고 왔다. 꼭 달라붙은 동생들을 달래며 노먼은 천장으로 시선을 돌

렸다.

"정전 같은 건 처음 있는 일 아니야?"

"그러게, 금방 돌아오긴 하겠지만."

레이는 그렇게 대답하고 창문 쪽으로 시선을 돌렸다. 상당히 가까운 곳에 벼락이 떨어진 모양이다.

"일단 모두 이쪽 방에 모여 있자."

전원이 엠마의 방으로 들어와 빛이 닿는 곳에 옹기종기 모였다. 어두컴컴한 가운데 우르릉 하는 천둥소리가 끊이지 않고 아이들은 무서워 떨며 울먹거렸다.

"다들 괜찮아. 폭풍 같은 건 금방 멀리 가 버릴 거니까!"

기운을 북돋우려 하는 엠마였지만 그 목소리도 바깥의 폭풍과 천둥소리에 가려지기 일쑤다. 레이가 한숨을 쉬었다.

"전기가 좀처럼 안 들어오네."

"어떻게 하지? 예비용 램프를 더 가져올까?"

노먼이 의견을 낼 때 계단을 올라오는 발소리가 들렸다.

"얘들아, 괜찮니?"

열린 문으로 이자벨라가 얼굴을 보였다.

"엄마!"

아이들이 이자벨라에게 달려갔다. 각각의 손에 두 개씩 들고 있던 램프를 이자벨라는 하나만 남기고 엠마와 아이들에게 주었다.

"모두 여기 있어요."

엠마의 대답에 이자벨라는 미소를 지었다.

"그래. 다행이다. 전기가 들어오도록 손을 보고 올 테니 기다리렴."

"엄마, 가지 말아요!"

니나와 비비안 등 어린 아이들이 이자벨라의 앞치마를 꼭 붙잡았다.

그 옆에서 노먼이 무릎을 꿇고는 동생들에게 상냥한 목소리로 타일렀다.

"1층에는 갓난아기들이 있어서 엄마가 계속 여기에만 있을 수는 없어."

코를 훌쩍이던 아이들도 어린 동생들을 생각하고 씩씩하게 끄덕였다.

"알았어…."

"엄마, 아기들이랑 같이 있어 줘."

이자벨라는 미소 짓고 어린 아이들의 머리를 한 사람씩 쓰다듬었다.

"고맙다. 모두 착한 아이들이구나, 아주 장해."

칭찬을 받자 모여든 아이들의 울먹이던 얼굴은 조금 자랑스럽게 펴졌다.

이자벨라는 램프를 고쳐들고 전원을 둘러본 후, 맏이 세 사

람에게 시선을 돌렸다.

"엠마, 노먼, 레이. 동생들을 부탁한다."

엠마는 어둠 속에서도 알아볼 만큼 미소를 활짝 지었다.

"응! 괜찮아요!"

이자벨라는 발길을 돌려 계단을 내려갔다.

"겁낼 것 없어, 얘들아."

엠마가 그렇게 말한 순간 창문으로 번갯불이 번쩍여 방이 한순간 하얗게 떠올랐다. 이어 한 박자 쉬기도 전에 하늘이 쪼개질 듯한 굉음이 울렸다.

"으아아아아아앙!!"

"살려 주세요!!"

당황한 동생들을 엠마는 필사적으로 다독였다.

"아, 안 죽어, 괜찮아!"

으아앙 하는 울음소리 속에서 돈의 목소리가 들렸다.

"하하… 어, 저기, 얘들아, 진정해. 겁내지 마!"

웃어넘기려는 돈이었지만 그 다리는 숨기지도 못할 만큼 덜덜 떨리고 있었다. 한손은 곁에 있던 레이의 셔츠를 꽉 움켜잡고 있다.

"…돈, 손 놔라."

짜증스럽다는 듯 레이는 그 손을 뿌리쳐 버렸다.

"너희는 왜 번개가 아무렇지 않은 거야!"

맏이 세 사람을 가리킨 돈에게 각각 천연덕스러운 대답이 돌아왔다.

"건물 안에서 낙뢰로 사망할 확률은 거의 제로니까."

"맞아. 화재라도 일어나지 않는 한은 안전해. 뭣보다 천둥소리가 들리는 시점에서 이미 방전은 끝난 상태니까. 무서워해도 그다지 의미는 없다고 봐."

"큰 소리가 나면 깜짝 놀라지만… 그냥 놀랄 뿐이니까!"

레이는 담담히, 노먼은 평온히, 그리고 엠마는 활기차게 대답했다.

돈은 털썩 무릎을 꿇었다. 그 어깨에 길다가 동정하듯 손을 얹었다.

"돈… 이 세 사람에게 공감을 얻는 건 포기하는 게 좋아."

신경계 구조가 다르니까… 하고 길다는 안경을 올리며 탄식했다.

"음… 그래도 다들 무서워하니까, 번개가 쳐도 아무렇지 않을 좋은 방법이 없을까?"

흐느껴 우는 동생들의 모습을 보고 엠마는 고개를 갸웃거렸다.

궁리하는 엠마에게 노먼이 말했다.

"저 엠마, 이런 건 어떨까?"

노먼은 엠마에게 그 '작전'에 관해 귓속말을 했다. 이어서 레

약속의 네버랜드 THE PROMISED NEVERLAND ~추억의 필름들~

이에게도 같은 말을 들려주었다.

"와! 그거 좋겠다!!"

"아… 그거라면 쓸 만한 책이 있지."

마주 보며 끄덕인 세 사람은 재빨리 행동을 개시했다.

"돈과 길다도 도와줬으면 좋겠어."

노먼이 일러 준 내용에 두 사람 모두 얼굴을 빛냈다.

"응, 알았어!"

"우와, 좋은 생각인데! 과연 노먼이라니까!"

엄지를 치켜세운 돈에게 노먼은 웃으며 말했다.

"그럼 돈은 음악실에 다녀와."

"…아, 아니, 나 혼자서는 좀."

"돈도 참!"

어깨를 움츠리는 돈을 길다가 질책했다. 결국 길다도 함께 음악실로 가기로 했다. 두 사람은 램프를 들고 복도로 나갔다.

"엠마는 모두와 함께 방에서 준비하고 있어. 나와 레이는 필요한 물건을 모아 올게."

"알았어."

램프를 들고 엠마는 방에 남은 동생들을 둘러봤다.

"좋아! 모두 침대를 밀자! 방 한가운데에 넓은 공간을 만드는 거야."

"엠마, 뭘 할 건데?"

안나가 의아한 듯 고개를 갸웃거렸다. 엠마는 장난스럽게 웃었다.

"폭풍우 치는 밤 대작전이야!"

엠마를 중심으로 모두가 방 중앙의 침대를 창가와 문 쪽으로 나눠서 밀었다.

"이영차, 엠마, 이 정도면 돼?"

"응! 이만큼 넓으면 괜찮아!"

이마의 땀을 훔친 냇에게 엠마가 끄덕였다.

"이것도 쓸 수 있을까?"

엠마는 퍼뜩 떠올리고 각 침대에서 시트를 벗겼다. 그 김에 침대 매트도 차례로 바닥에 끌어내렸다.

"엠마, 오래 기다렸지?"

돌아온 노먼과 레이는 낮에 널어 두었던 시트를 몇 장 들고 있었다.

"이걸 쓰자."

"어차피 다시 널 거니까 잘됐을지도 몰라."

시트 자락 끝을 묶어서 길게 이은 다음 레이와 노먼은 양 끝을 각각 창틀과 벽의 고리에 걸어 방을 가로질렀다. 가로지른 시트를 로프로 삼아 다시 시트를 빨래 널듯 널었다.

몇 번을 거듭하자, 방 중앙에는 시트로 에워싸인 공간이 만

들어졌다.

"음, 아주 좋아!"

"저기, 이거 뭐 하는 거야?"

"후후후 이게 뭐게?"

울상을 하던 어린 아이들도 즐거운 듯 뭔가를 시작하는 맏이들의 모습에 점점 관심을 보였다.

"다 됐다!"

엠마는 마지막 한 장을 펄럭 하고 덮었다. 완성된 것을 보고 아이들이 환호성을 질렀다.

"우와! 시트로 만든 집이다!"

"굉장해!"

"나 알아! 이거 텐트라는 거야!"

시트를 들추고 아이들은 안으로 들어갔다. 하얀 천으로 둘러싸인 공간은 평소 지내던 하우스의 방과는 사뭇 다른 공간 같았다.

"이거 잘 봐."

그렇게 말하며 노먼은 가운데에 모은 램프 앞에 손을 가져갔다. 그 시선 끝에 있는 시트에 동생들의 눈이 쏠린다. 알아차린 필이 큰 소리를 질렀다.

"아! 새다!"

날개를 펼친 새 그림자가 시트에 떠올랐다. 손가락을 건 양

손을 노먼이 움직이자 새는 마치 살아 있는 것처럼 날갯짓을 했다.

"와!"

그림자놀이에 아이들은 신바람이 났다.

"다른 것도 해 줘!"

"그럼, 레이가 만드는 건 뭐게?"

노먼이 시트 스크린을 가리켰다.

레이가 램프 앞에 손을 댔다. 두 손을 맞잡고 재빨리 움직였다.

"아, 나 알았어! 멍멍이!"

간단한 그림자놀이지만 솜씨 좋게 움직이니 모습이 생생하게 비쳤다.

"다음은?"

"고양이!"

"토끼!"

"아, 코끼리!"

"기린이다!"

차례로 손을 바꿔 잡으며 레이는 동물들을 만들어 냈다. "굉장해 굉장해!" 하고 어린 관객들은 박수갈채를 보냈다.

엠마는 멍하니 그 손놀림을 바라보았다.

"레이, 너 그거 언제 배웠어…?"

"방금."

대답한 레이의 무릎에 놓여 있는 것은 그림자놀이를 소개하는 책이다. 복잡하게 손가락을 엮어야 만들 수 있는 것도 많아 얼른 보기만 해서는 이렇게 쉽게 재현하긴 힘들 것 같다.

"너, 너무 잘한다…."

엠마는 언제나 뭐든 척척 해내는 형제에게 압도당하며 중얼거렸다.

레이의 손놀림을 보고 이베트가 따라서 손가락을 움직였다.

"재밌어! 저기, 어떻게 하는 거야?"

"나도 해 볼래!"

방법을 배우면서 동생들도 동물을 만들거나 나름대로 궁리해 새로운 형태를 비추기도 했다.

"이것 봐봐! 구슬을 대니까 비쳐 보여."

"체스 말도 진짜 성 같아!"

각자 침대 옆에 두던 장난감을 빛에 비추며 놀기 시작했다. 광원에 가까이 대거나 멀리 떨어뜨리기만 해도 그림자 크기가 달라져, 아이디어에 따라 얼마든지 즐겁게 놀 수 있다.

"다행이다. 이제 조금은 마음이 다른 데로 쏠리겠지."

"이런 놀이는 어두워야 할 수 있으니까."

안도하는 엠마에게 노먼도 웃음을 보였다. 그런 노먼에게 레이가 입 끝으로 웃고 천을 건드렸다.

"시트를 친 것은 밖의 소리가 조금 덜 들리게 하려는 목적도 있었지?"

레이의 지적에 노먼은 약간 놀란 얼굴을 했다. 그리고 이내 언제나처럼 온화하게 웃었다.

"레이, 날 너무 과대평가하네."

"뭐?! 그랬었구나!"

엠마는 사방에 친 시트를 다시 둘러봤다. 확실히 이렇게 천으로 막으니 놀이에 쓰기 좋을 뿐만 아니라 외부에서 들리는 소리를 경감하는 효과도 있는 듯하다.

그래도 우르릉 하며 밖에서 낮은 소리가 울리면 놀던 아이들은 움츠러들었다.

"아직도 번개가 치나 봐."

불안한 듯 셸리가 엠마에게 호소할 때 돈과 길다가 커다란 상자를 들고 돌아왔다.

"음악실에서 악기를 가져왔어!"

두 사람이 가져온 상자에는 여러 가지 악기가 가득 들어 있었다.

"고마워!"

엠마는 상자 안에서 한 가지를 꺼냈다.

"무서울 땐 이렇게 하면 좋아."

천둥이 치는 타이밍에 엠마가 탬버린을 울렸다. 그러자 천둥

소리에 탬버린 소리가 겹쳐졌다.

"아!"

"방금은 천둥소리가 안 무서웠어!"

노먼이 손가락을 세워 어드바이스를 한다.

"번쩍 빛날 때 소리를 내 봐."

시트 너머에서 밖의 번갯불이 방 안을 번쩍 비쳤다. 엠마가 큰 소리로 외쳤다.

"지금이다!"

눈을 질끈 감으면서도 어린 동생들은 빛에 맞추어 핸드 벨이나 캐스터네트, 장난감 나팔 소리를 냈다.

"굉장해! 천둥과 합주하는 것 같아!"

작은 실로폰을 두드린 라니온에게 핸드 벨을 든 토마도 크게 끄덕였다.

"비와 바람 소리도 같이 쓸 수 있겠다!"

단숨에 떠들썩해진 시트 텐트 안에서 돈이 소리쳤다.

"좋아. 밖의 소리에 지지 않을 만큼 쩌렁쩌렁 울려 보자!"

그렇게 말하자 돈은 있는 힘껏 심벌즈를 울렸다. 요란한 소리에 모두가 두 손으로 귀를 막았다.

"돈, 시끄러워!"

동생들이 화를 내자 돈은 "미, 미안…." 하며 머리를 긁었다. 그 한심스런 표정에 모두 웃음을 터뜨렸다.

어느새 우는 아이는 아무도 없어졌다.

엠마는 그 모습에 기쁜 듯 웃음을 지었다.

만약 또 천둥번개가 치는 날이 오더라도 모두의 마음속에는 오늘 밤의 즐거운 추억이 되살아날 것이다.

한 사람 또 한 사람, 어린 아이들부터 차츰 놀이에 지쳐 꾸벅 꾸벅 졸기 시작했다. 베개를 모아 와서 오늘 밤은 이대로 방 한 가운데에 모여 자기로 한다.

"모두 딱 붙어서 자자."

"모두 함께 있으니까 안 무섭지?"

"응, 안 무서워."

어깨를 붙이고 형제들은 키득키득 웃었다.

보통 같은 방에서 자는 아이들도 저마다 침대가 따로 있기 때문에 이렇게 바짝 붙어서 자는 것은 신선하다. 서로의 체온 이 바로 옆에서 느껴지니 마음이 놓였다.

"저기 엠마."

곁에서 베개에 머리를 기댄 필이 엠마의 셔츠를 잡아당겼다.

"내일 일어나면 우리집이 어디로 날아가 있는 건 아닐까?"

예전에 엠마가 읽어 준 이야기에 꼭 그런 장면이 있었다. 회 오리바람을 타고 주인공 여자아이는 집과 함께 이상한 나라로 날아가 버린 것이다.

필의 말에 엠마는 안심시키듯 웃어 주었다.

"그러면 다 같이 힘을 합쳐 다시 여기로 돌아오자!"

그렇게 말하고 어린 동생을 꼭 끌어안았다.

"웅!"

눈을 감은 필은 이내 안심한 듯 색색 고른 숨소리를 내기 시작했다. 엠마는 몸을 일으켜 시트로 만든 방 안을 둘러봤다.

"다행이다… 모두 잠들었나 봐."

엠마는 작은 소리로 중얼거렸다.

"웅… 천둥소리도 많이 멀어진 것 같아."

번개가 번쩍하고 소리가 나기까지의 간격을 노먼은 쭉 헤아리고 있었다. 지금은 번개가 치고 천둥소리가 날 때까지 8초….

"약 2.7킬로미터 정도일까."

이 페이스로 멀어진다면 이제 벼락은 걱정 없을 것이다.

바람 소리도 점점 잦아든다.

"우리도 자자."

레이가 램프를 하나만 남기고 나머지를 불어 껐다. 희미한 빛만 남자 셋은 나란히 드러누웠다.

은은한 오렌지색으로 물든 천장을 보고 엠마가 후후 웃음소리를 냈다.

"어쩐지 즐겁다. 이렇게 다 같이 누워 있으니 어딘가 다른 곳에 온 것 같아.

가슴 위에 책을 얹은 채 레이는 하품을 섞어 대답했다.

"후아… 넌 편하기도 하다."

노먼은 옆을 슬쩍 보고 미소 지었다.

"엠마는 정말 어떤 때라도 활기차구나."

그 말에 엠마는 벌떡 일어났다.

"아니! 너희 둘이… 모두가 있으니까 폭풍도 아무렇지 않게 느껴지는 거야!"

쉿 하고 레이가 입에 손가락을 댔다.

"알았으니까 어서 자!"

레이가 천둥보다 네가 더 시끄럽다며 눈살을 찌푸리고 투덜거렸다.

"응, 엠마 말이 맞아. 나도 그래."

노먼이 웃으며 끄덕였다. 엠마는 여전히 웃음을 머금은 채 베개에 머리를 얹고 눈을 감았다.

조용해지자 천둥과 바람 소리가 다시 들려왔다. 불안을 부추기는 소리였지만 이제는 아까처럼 신경 쓰이지는 않았다.

옆에서 듣는 형제들의 숨소리가 마음을 가라앉혀 주었다. 그 소리에 귀를 기울이며 엠마도 꾸벅꾸벅 졸기 시작했다.

겨우 5분도 안 되어 엠마도 새근새근 소리를 냈다.

"잠들었네…."

레이가 곁눈으로 보고 중얼거렸다. 노먼이 쓴웃음을 섞어 어스름 속에서 속삭였다.

"후후. 레이도 잘 자."

"그래."

인사를 나누고 눈을 감았다. 레이도 노먼도 비슷한 것을 느끼고 있었다.

저마다 다른 방, 다른 침대로 나뉘게 된 후 이렇게 가까이 누워 잠을 자는 일은 없어졌다. 지금은 눈을 감으면 숨소리까지 들리는 거리다.

설령 아무리 무서운 폭풍우가 치는 밤이라도 이렇게 가족이, 친구가 곁에 있으면 두려울 것은 아무것도 없다.

함께 있기만 해도 마음이 놓이고 편안했다. 그렇게 느껴졌다.

밤이 깊어 이자벨라는 램프를 들고 2층으로 돌아왔다.

아이들을 살펴보려고 들여다본 방 안에는 시트로 만든 커튼이 몇 겹으로 둘러쳐져 있었다.

"어머."

살짝 시트를 들추고 이자벨라는 안을 들여다봤다.

시트에 에워싸인 방 가운데에서 아이들은 서로 몸을 맞댄 채 잠들어 있었다. 그 평온히 잠든 얼굴을 한 사람씩 확인하고 이자벨라는 미소 지었다.

"후후, 잘 자렴…."

이자벨라는 노먼과 레이의 어깨에 시트를 다시 덮어 주고 엠마의 머리를 다정히 쓰다듬은 후 방문을 조용히 닫았다.

  다음 날 아침, 새하얀 시트로 눈부신 아침 햇빛이 비쳐들었다.
  종소리로 언제나처럼 눈을 뜬 엠마는 사랑하는 형제들이 주위에 모두 모여 있는 것을 보고 활짝 웃었다.
  "얘들아! 좋은 아침!!"

  * * *

  바깥 날씨는 상쾌하고 맑았지만 엠마는 밤공기 속을 으르렁대는 바람이나 천둥소리가 되살아나는 기분이었다. 물론 그날의 기억이 돌아온 것은 아니다. 하지만 형제들의 입을 통해 듣는 이야기로 그날 밤이 얼마나 굉장했는지 생생히 그려 볼 수 있었다.
  "또 시트로 텐트 만들어서 놀고 싶다!"
  "폭풍이 안 오려나."
  "아니, 오면 곤란하지!"
  설레는 표정의 토마와 라니온을 길다가 눈썹을 치켜뜨며 꾸짖었다.

돈이 문득 떠오른 듯 창문 밖을 보았다.

"그래… 이쪽 세계는 전쟁뿐만 아니라 재해 때문에 살 수 없게 된 지역도 많이 있다고 했으니까."

그 말을 듣고 토마와 라니온도 얼굴을 마주 봤다.

"…그렇구나."

엠마가 지금 사는 이곳도 지도에서는 이미 지워진 땅이었다.

아이들이 건너온 인간 세계는 큰 전쟁이 지나간 직후였다. 국경이 철폐되고 인류는 상처를 끌어안으며 다시 일어나 걸어가려는 중이었다.

"정말 다시 찾은 게 기적이지."

돈은 엠마를 보며 웃었다. 엠마 역시 웃으며 마주 끄덕였다.

"응… 내가 모두를 기억했다면 많이 달랐겠지만."

서로가 서로를 찾았다면 더 일찍 다시 만났을 것이다. 그러나 엠마는 스스로 뭔가를, 누군가를 찾고 싶다는 생각조차 할수 없었다.

만약 여기 있는 형제들이 찾기를 단념했다면 영영 다시 만나지 못했을 것이다.

"정말 고마워. 다시 한번 만나 줘서."

엠마는 거듭 거듭 그 말을 했다.

가족과 재회하지 못했다면 분명 꿈에서 본 일들마저 점점 잊어 가며 남은 생을 살았으리라.

"그러고 보니 레이."

미소 지으며 엠마를 보고 있던 길다가 문득 생각난 듯 레이를 돌아봤다.

"그때 어떻게 엠마가 거기 있다는 걸 알아차렸어?"

"……."

엠마와 다시 만난 것은 이미 세계를 돌며 찾을 만한 곳을 다 찾은 후였다. 그래도 포기하지 않고 이번에는 지도에서 사라진 지역을 다시 처음부터 찾기로 한 것이다.

하나씩 하나씩. 작은 마을을, 이름 없는 마을을, 엠마를 찾아다니며 걸었다.

그날도 사람이 사는 지역 맨 끝까지 갔지만 온종일 걸어도 아무 단서를 얻을 수 없었다.

이 마을도 틀렸다. 버스 시간이 다가와 레이와 길다 일행은 수색을 접고 돌아가려는 참이었다.

그때 갑자기 레이가 달려갔다.

길다는 놀라 뒤따랐다. 그 앞에 정말 엠마가 있었던 것이다.

"뭘 봤던 거야?"

둥근 의자에 걸터앉아 있던 레이는 팔짱을 낀 채 중얼거렸다.

"…코니가."

뜻밖의 이름이 그 입에서 흘러나와 형제들은 눈을 휘둥그레 떴다.

"뭐…?"

레이는 기억을 더듬고 단어를 고르듯 중얼거렸다.

"코니의 목소리가 들린 것 같았어. '레이, 이쪽이야'라고."

영적인 무언가는 믿지 않는다. 그렇지만 레이는 그때의 목소리도, 뭔가가 배낭을 잡아당긴 기분도 그저 착각이라고 생각하지 않았다. 그것은 틀림없는 코니였고, 그 너머에는 유고나 이자벨라의 기척도 있었다. 그것은 영감 같은 것보다 훨씬 확실한 감각이었다.

약속의
네버랜드

THE PROMISED
NEVERLAND

레이와 코니

(애니메이션 〈약속의 네버랜드〉 1기 Blu-ray&DVD Vol.2 소책자 게재)

레이가 말한 이름을 엠마는 되풀이했다.

"코니…."

노먼이 걱정스레 그 얼굴을 들여다봤다.

"뭔가… 기억이 나니?"

엠마는 잠시 고개를 숙인 채 머릿속에서 그 이름을 되풀이했다.

소리의 울림이 엠마 안의 감정을 뒤흔들지만 명확하게는 아무것도 떠오르지 않았다. 그 꿈처럼 손을 뻗으려 하면 사라져 버리는 안개 같았다. 엠마는 천천히 고개를 저었다.

"기억은, 안 나… 그래도…."

엠마는 고개를 들고 주위의 형제들을 둘러본 후 쓸쓸히 중얼 거렸다.

"그렇구나… 이제는 세상에 없는 아이인가 보네…."

레이의 말을 듣고 엠마는 추측했다. 노먼은 묵묵히 끄덕였다. 레이 역시 눈을 내리깔 뿐이었다. 엠마의 기억 속에 코니의 마지막 모습이 없는 것은 차라리 다행일지도 모른다고 생각하면서.

"코니는 참 다정한 아이였지."

돈이 툭 던졌다. 그리고 어두워지려는 분위기를 떨치려는 듯

웃는 얼굴로 말을 이었다.

"리틀 바니라는 토끼 인형을 소중히 여겼어."

"같이 많이 놀았지."

"응."

형제들은 따뜻한 음성으로 여기 함께 오지 못한 소녀의 이야기를 했다.

"나랑 같은 방이었어."

안나는 그렇게 말하고 그리운 듯 미소 지었다. 그것을 듣고 엠마는 중얼거렸다.

"와, 각각 방이 나뉘어 있었나 봐."

"맞아."

엠마는 자신을 가리키며 물었다.

"나는? 안나랑 같은 방이었어?"

"아니, 엠마는 다른 방. 엠마는 코니가 엄마 방에서 아이들 방으로 옮길 때, 나랑 같은 방이면 좋았을 텐데, 하고 실망했어."

"그랬구나."

엠마는 미소 지었다. 룸메이트가 있는 생활은 매일 아침마다 일어나는 시간이 즐거웠으리라. 아침에는 시끌벅적하게 일어나고 밤에는 모두 잘 자라는 인사를 나눈 후 잠자리에 든다.

"하지만 방을 옮기니까 코니가 밤마다 울어 버려서…."

안나는 부드럽게 웃으며 지난날을 되새겼다.

엠마는 코니라는 소녀를 상상해 보았다.

모르는 아이일 텐데도 토끼 솜 인형을 끌어안은 여자아이를 머릿속에 그리니 신기하게도 마음이 따뜻해지는 것 같았다.

＊　＊　＊

"얘들아, 오늘부터 코니가 2층에서 우리랑 같이 잔대!"

저녁 식사 후의 하우스, 빗자루를 든 엠마가 식당으로 뛰어들어 왔다. 역시 청소 당번이던 노먼과 길다가 엠마의 목소리에 돌아봤다.

"와, 그렇구나!"

그 소식에 길다는 눈을 빛냈다. 노먼이 끄덕였다.

"그렇구나. 코니도 벌써 세 3살이니까."

새 형제는 대개 한 살 전후에 하우스에 와서 3살 무렵까지는 엄마의 침실에 있는 아기 침대에서 지낸다. 그 후 2층 어린이방에 자기 침대를 받아 언니 오빠들과 함께 자고 일어나게 된다.

"우리랑 같은 방이면 좋겠다."

엠마의 말에 길다도 웃으며 마주 끄덕였다.

"응, 맞아."

위로 아직 언니 오빠들이 있지만 엠마도 길다도 여덟 8살, 7

살이 되어 어린 동생들을 돌보는 일이 많아졌다. 믿음직한 엠마도, 살뜰한 길다도 언니 오빠들처럼 동생들이 잘 따랐다.

두 사람의 대화를 가까이서 듣고 있던 노먼은 미소 지으며 중얼거렸다.

"아쉽지만 엠마네 방은 아닐 거야."

단언하는 노먼의 말에 엠마도 길다도 눈을 크게 떴다.

"어? 왜?"

"아, 그렇구나!"

각 방의 상황을 머리에 그리던 엠마는 목소리를 높였다.

"레이네 방?"

묻는 엠마에게 노먼은 끄덕였다.

"아마 거기가 아닐까?"

두 사람의 대화를 듣고 길다도 이해했다.

"그렇구나. 얼마 전에 케이트가 하우스를 떠나서 빈 침대가 있으니까."

지난주에 레이 방의 큰언니가 입양되어 떠났다. 각방 인원의 밸런스를 생각하면 새로 아이가 들어오는 곳은 레이의 방일 것이다. 엠마는 빗자루를 크게 휘두르며 탄식했다.

"에이, 실망이야!"

방에 새 식구가 들어오는 것은 언제나 가슴이 두근두근 설렌다.

우선 아침에 일어나는 시간이 한결 더 떠들썩해진다. 눈을 뜨는 순간부터 신바람이 나는 아이도 있고, 칭얼대는 아이도 있다. 모두를 깨워 식당으로 향하는 시간은 하루의 시작을 가장 또렷이 느끼는 순간이다.

잠자기 전에도 같은 방이라면 그림책을 읽어 주거나 오늘 있었던 일을 이야기하면서 불을 끄기 전까지 함께 있을 수 있다.

그렇게 아쉬워하는 엠마를 보며 길다가 짐짓 어깨를 으쓱였다.

"그래도 아침은 토마와 라니온을 챙기는 것만으로도 벅찰지 몰라."

그 몸짓에 엠마도 노먼도 얼굴을 마주 보며 웃었다. 엠마와 길다의 방에 작년에 들어온 두 장난꾸러기는 눈을 뜨는 순간부터 도무지 가만히 있지 않고 파자마 바람으로 소리치며 뛰어다녔다.

다시 청소를 하며 노먼은 빙그레 웃었다.

"같은 방이 아니어도 코니가 2층에 온다니 벌써부터 즐거워지네."

"응!"

엠마와 길다는 소리를 맞춰 끄덕였다.

귀여운 동생 코니와 앞으로 2층에서 함께 자고 함께 일어난다고 생각하니 엠마는 오늘 밤이 기다려져 조바심이 났다.

샤워와 이 닦기를 마치고 아이들이 저마다 침대로 향하는 시간이 되었다.

"코니, 오늘부터 여기가 네 침대란다."

이자벨라의 손에 이끌려 3살 코니가 2층으로 올라왔다.

침대에 걸터앉아 책을 읽던 레이는 시선을 힐끔 돌려 이자벨라와 동생을 보았다. 동생의 모습은 이내 다른 방에서 모여든 형제들에게 가려져 보이지 않게 되었다.

코니가 온 곳은 역시 레이가 있는 방이었다.

"코니! 오늘부터 같은 방이구나!"

방에 온 돈이 어린 여동생에게 말을 걸었다.

"잘 지내 보자!"

"응…."

허물없이 대하는 오빠를 올려다보고 코니는 꾸벅 하고 끄덕였다. 모여든 형제들이 차례로 입을 열었다.

"좋겠다, 코니랑 같은 방이 아니어서 아쉬워!"

"모두들 코니와 같은 방이길 바랐거든."

"자기 전까지 같이 놀자!"

연이은 언니 오빠들의 따뜻한 말에, 조금 긴장했던 코니의 표정이 스르르 풀어졌다.

"헤헤, 신난다."

"코니는 좋겠네."

이자벨라는 미소 지었다. 이어 작은 인형 등 코니의 물건 몇 가지를 침대 협탁의 서랍에 넣었다.

"코니!"

복도에서 엠마가 달려왔다. 그 뒤로 노먼의 모습도 보였다.

"오늘부터 우리랑 같은 2층이구나!"

"응."

꼬박 하고 코니는 언니를 올려다보고 끄덕였다. 이제 됐다고 생각했는지, 이자벨라는 코니의 머리를 쓰다듬으며 물러났다.

"그럼 코니, 잘 자렴. 언니 오빠들이 있으니 무섭지 않을 거야."

이자벨라가 떠나려 하자 갑자기 코니의 눈동자가 불안한 듯 흔들렸다. 그 움직임을 알아차린 엠마가 허리 뒤에 숨기고 있던 것을 보여 줬다.

"짜잔! 오늘은 코니를 위해 그림책을 가져왔지!"

"와아!"

좋아하는 그림책에 코니는 활짝 웃음을 되찾았다. 옆에 있던 노먼이 미소 지으며 거들었다.

"다 같이 읽을까?"

"응!"

코니의 침대에 모여 형제들이 엠마가 읽는 이야기에 귀를 기

울었다.

웃으며 그림책에 열중한 모습을 확인하자 이자벨라는 잠자코 어린이 방을 뒤로했다.

"…그렇게 해서 모두 행복하게 살았습니다. 끝!"

이야기를 마칠 무렵 코니는 이미 눈꺼풀이 무거워 보였다. 가물가물 하던 얼굴에 이내 포근한 잠이 드리웠다.

어린 동생이 잠든 것을 확인하고 엠마는 주위를 둘러보았다.

"다행이다, 코니가 잠들었어."

"응."

노먼이 어깨까지 이불을 덮어 주고 끄덕였다. 어느새 코니처럼 이미 잠들어 버린 아이들도 있어서 각각 침대에 옮겨 주고 불을 껐다.

"그럼, 잘 자."

"잘 자, 엠마."

소곤거리며 인사를 나누고 엠마 등 다른 방의 형제들은 가만히 방을 나왔다.

그리고 한 시간이 채 지났을까.

"…히잉, 훌쩍, 엄마…."

그 작은 울음소리를 맨 처음 알아차린 사람은 레이였다. 어두운 방 안, 조용히 시선만 옮겨 코니의 침대를 봤다.

그때 속삭이는 안나의 목소리가 들렸다.

"코니, 잠이 안 오니?"

역시 잠에서 깬 안나는 일어나서 눈을 비볐다. 침대에서 내려와 슬리퍼를 신고 코니의 침대로 다가갔다.

코니는 코를 훌쩍이며 안나에게 칭얼거렸다.

"엄마한테 가고 싶어…."

입 밖으로 말하자 새삼 서러움이 북받치는지 코니는 큰 소리로 울기 시작했다. 그 소리에 다른 형제들도 잠에서 깼다.

"어떡하지?"

안나가 덩달아 울상을 지으며 코니를 쓰다듬었다.

결국 방을 둘러보러 온 이자벨라가 소리를 듣고 코니를 데려가게 되었다.

"오늘 밤만이야."

무릎을 꿇고 시선을 마주한 이자벨라는 어린 아이의 머리를 상냥히 쓰다듬었다.

"내일부터는 꼭 언니 오빠들이랑 같이 자야 한다?"

"응… 알았어."

코니는 그렇게 말하고 고개를 끄덕였다. 그 모습을 방에 남은 형제들이 걱정스레 바라보았다.

레이만 표정에 아무런 변화 없이 졸린 듯 하품을 삼켰다.

다음 날 엠마는 식당에 온 코니에게 달려갔다.

"코니! 잘 잤니?"

"안녕, 엠마."

"새 방은 어땠어?"

쾌활하게 묻는 언니를 올려다보며 코니는 두 손을 꼭 맞잡았다. 고개를 숙인 코니에게 엠마는 갸웃거렸다.

"응? 잠을 못 잔 거야?"

"…나 있지, 역시 엄마한테 갔어…."

"그랬구나."

어제 엠마가 방을 나갈 때는 조용히 잠들었기 때문에 아무 문제 없을 줄 알았다. 띄엄띄엄 이야기를 들어 보니 아무래도 밤이 깊어지자 겁이 났던 모양이다.

"…미안해."

엠마는 풀이 죽은 동생을 당황하며 달랬다.

"코니, 괜찮아!"

사과할 것 없어, 신경 쓰지 말라고 거듭 말하며 그 머리를 쓰다듬었다.

"좀 있으면 모두와 함께 잘 수 있을 거야."

엠마의 격려에 코니는 겨우 웃음을 되찾고 끄덕였다.

"응…."

"좋아! 그럼 같이 아침 준비를 하자!"

놀이라도 하듯 엠마는 코니의 손을 잡고 식당으로 들어갔다.

언제나처럼 시험을 치르고 점심을 먹고 나자 오후 자유 시간이 되었다.

"간다!"

엠마는 공을 동생들에게 힘껏 던져 주고 야트막한 언덕을 돌아보더니, 노는 아이들 무리에서 떨어졌다.

오늘도 변함없이 나무 그늘에서 독서를 하는 레이와 그 옆에서 형제들이 노는 모습을 바라보는 노먼에게 달려갔다.

도중에 코니가 엠마의 눈에 띄었다.

코니는 수를 놓는 이자벨라 곁에서 천진하게 웃으며 놀고 있었다. 그 얼굴에서는 아침에 봤을 때처럼 불안한 기색은 찾아볼 수 없어, 엠마는 한시름 놓았다.

나무 그늘에 도착한 엠마는 레이에게 말을 걸었다.

"코니가 어제 잠을 못 잤나 봐."

엠마가 말하자 레이는 잠시 시선을 들었다가 이내 책으로 떨구었다. 페이지를 넘기며 대답했다.

"어."

"아니, 그랬구나."

소식을 처음 들은 노먼의 눈이 약간 커졌다. 어제 방에서 나온 시점에서는 푹 자고 있었기 때문에 노먼도 걱정 없을 거라

생각했다.

"한밤중에 깨서 겁이 났대."

엠마는 팔짱을 끼고 고개를 갸우뚱했다.

"음… 우린 2층 방으로 처음 왔을 때 무서워했던가?"

"어땠더라? 잘 기억이 안 나네."

노먼도 손으로 턱을 괴고 생각했다. 그리고 후후 웃었다.

"하지만 아마 엠마는 무서워하지 않았을 거야."

새로운 환경에 겁을 먹기보다 즐거워서 신이 나는 사람이 엠마다. 그 성격은 철들 무렵부터 변함이 없다.

노먼도 엄마 곁을 떠나 잠자리를 옮기는 것을 무서워한 기억은 없었다. 그래서 두 사람 모두 어떻게 하면 코니를 안심시킬수 있을지 몰랐다.

"다른 아이들은 어땠더라?"

엠마가 중얼거렸을 때 언덕 부근에서 어린 남동생들이 달리고 있었다. 엠마는 서로 쫓고 쫓기는 아이들에게 말을 걸었다.

"라니온이랑 토마도 처음 방을 옮겼을 때 울진 않았지?"

발을 멈춘 두 사람은 숨을 헐떡이며 자랑스레 가슴을 폈다.

"그럼. 아무렇지도 않았어!"

"하나도 안 무서웠어!"

코니보다 한 살 위인 두 아이는 사뭇 으스대는 얼굴로 서로 끄덕였다. 그런 두 사람에게 엠마는 이를 드러내며 장난스레 웃었다.

"아하하, 하지만 둘 다 밤에 화장실에 갈 때는 무섭다며 깨웠잖아."

"어! 엠마!"

"그 말은 하기 없기야!"

동생들이 부끄러워하며 놀리는 엠마를 투닥투닥 때렸다.

"얘들아~! 이제 술래잡기하자~!"

공놀이를 하던 멤버가 크게 손을 흔들며 언덕에 있는 다섯 사람을 불렀다. 맨 먼저 뛰어 내려간 토마와 라니온의 뒤를 엠마가 따라갔다.

"좋아!"

달리면서 어깨너머로 소리쳤다.

"노먼이랑 레이도!"

엠마의 목소리에 노먼은 "응!" 하고 웃는 얼굴로, 레이는 고개도 들지 않은 채 "난 빼 줘." 하고 대답했다.

맑은 하늘이 저녁놀에 물들기 시작했다.

자유 시간의 끝을 알리는 다섯 시 종이 울렸다. 그 소리를 듣기 전에 엠마 일행은 하우스로 돌아오고 있었다.

"오늘도 재미있었어!"

"배고프다."

떠들썩한 소리와 함께 형제들은 집 안으로 들어갔다. 그러던 중, 현관에서 노먼이 문득 생각난 듯 엠마에게 말을 걸었다.

"그러고 보니, 레이는 어땠더라?"

"응?"

돌아본 노먼의 시선 끝을 알아차렸다. 그곳에는 책을 옆구리에 끼고 한 발 먼저 들어가려는 레이가 있었다.

"처음에 2층에서 다 같이 자기 시작했을 때 무서워했던가?"

노먼의 말에 엠마는 팔짱을 끼고 어린 레이를 떠올렸다. 족히 3초는 생각에 잠겨 있던 엠마는 노먼의 얼굴을 보고 물었다.

"레이가… 외로움을 탈 것 같아…?"

"으음… 상상이 안 가네."

노먼은 쓴웃음을 지었다.

어린 시절의 일들은 애매하지만 기억이 닿는 한 레이는 지금 그대로다. 아이답지 않게 차분하며 달관한 듯 냉정한 말만 하는 아이였다.

두 사람이 현관으로 들어가려 할 때 식당을 향하는 이자벨라가 코니와 함께 복도를 가로지르고 있었다.

"엄마, 오늘 저녁은 뭐예요?"

"글쎄 뭘까? 코니는 뭐가 좋니?"

있지, 하고 코니는 얼굴을 활짝 펴고 식당으로 들어갔다. 그 뒤를 따르며 노먼은 엠마에게 말했다.

"코니가 오늘은 꼭 안심하고 잘 수 있으면 좋겠다."

"응! 뭔가 좋은 방법을 생각해 보자!"

귀여운 동생을 위해 엠마는 의지를 불태우며 크게 끄덕였다.

코니가 2층 어린이 방에서 잘 수 있도록 엠마는 형제들에게 뭔가 좋은 아이디어가 없는지 돌아다니며 물었다.

"역시 자장가 아닐까?"

"아니면 양을 세게 한다거나?"

"오르골 소리를 들으면 잠이 잘 와!"

길다와 안나, 냇이 떠오르는 방법들을 이야기했다.

"좋아, 그럼 오늘 밤엔 그림책이 아니라 자장가로 해 보자!"

엠마는 들은 방법을 당장 실천에 옮기로 했다.

"코니, 오늘은 다 같이 자장가를 불러 줄 테니까 잘 잘 수 있을 거야!"

밤이 오고 다시 형제들이 코니의 침대에 모였다.

"응!"

코니는 침대 옆에 앉는 엠마에게 끄덕였다.

"…어? 잠깐. 다 같이?"

베개에 머리를 기대고 책을 읽던 레이는 옆에서 들린 말에 한쪽 눈썹을 치켜떴다.

"하나 둘 셋! 자거라, 자거라!!"

코니의 침대 주위에 모인 형제들이 자장가를 합창하기 시작
했다. 코니는 놀라 눈을 동그랗게 떴다가, 까르르 웃고 함께 노
래하기 시작했다. 레이 방의 동생들도 차례로 침대에서 일어나
버렸다.

"코니, 이제 잠이 오니?"

"그래 갖고 오겠냐!"

레이가 엠마의 머리를 향해 베개를 던졌다. 날아온 베개에
아이들은 더욱 흥분했다. 언니 오빠들까지 웃음을 터뜨려 도저
히 잠을 잘 수 있는 분위기가 아니었다.

"야, 노먼! 어떻게 좀 해 봐!"

유일하게 냉정한 판단을 내릴 수 있을 만한 사람을 레이가
지적했다. 역시 노먼도 쓴웃음을 지으며 나직이 엠마를 타일렀
다.

"엠마, 역시 자장가라면 이 노래가 낫지 않을까?"

"곡이 문제가 아니라!"

코니는 한동안 함께 노래했지만 이윽고 잠이 들었다. 하지만
그날도 한밤중에 깨어나 울음을 터뜨린 코니는 이자벨라와 함
께 자게 되었다.

다음 날 밤도 코니를 재우기 위해 엠마와 아이들은 소등 시
간이 되기 전에 방으로 찾아왔다. 코니가 방을 옮긴 지 오늘로

사흘째.

"좋아, 오늘은 양을 세어 보자!"

엠마는 다음 방법을 제안했다. 같은 방의 안나가 코니에게 방법을 알려 주었다.

"코니, 눈을 감고 양을 세어 봐. 양 한 마리 폴짝, 양 두 마리 폴짝…하다 보면 잠이 올 거야."

"양이 뭐야?"

"어? 그러니까 있지, 이렇게 복슬복슬한 동물인데…."

엠마가 손짓 발짓으로 설명하려 했다.

"이게 양이야."

노먼이 가져온 책을 펼쳐 동물 그림을 보여 줬다. 도감에는 리얼한 터치로 양의 모습이 그려져 있었다. 코니는 살짝 굳었다가 작은 소리로 말했다.

"…저기, 난 토끼가 좋은데."

"코니는 토끼를 좋아하니까. 그럼 토끼를 세어 보자!"

엠마는 끄덕이고 눈을 감은 코니의 몸을 토닥토닥 두들겼다.

"토끼 한 마리 폴짝, 토끼 두 마리 폴짝."

"엠마, 토끼는 깡총깡총 뛰지 않아?"

옆에서 길다가 끼어들어, 엠마는 고개를 갸우뚱했다.

"응? 그럼… 토끼 한 마리 깡총, 토끼 두 마리 깡총."

"어쩐지 원래의 형태가 거의 없어지는데…."

돈이 중얼거렸다. 노먼은 동물 도감을 끌어안은 채 쓴웃음을 지었다.

"음… 잠이 안 오는 것보다는 아마 아침까지 푹 잠들지 못하는 게 문제일 거야."

"그런가? 밤새 다 같이 침대 곁을 지킬 수도 없고."

엠마는 침대 틀에 팔꿈치를 괬다.

"오르골은 어떨까? 밤에 깨면 다시 이걸 돌려서…."

가져온 오르골의 태엽을 돌리는데, 옆에서 큰 한숨 소리가 들렸다.

"하아… 그렇게 유난떨지 않아도 언젠가는 잔다니까."

어제부터 쭉 관심이 없어 보이는 레이의 태도에 엠마는 살짝 눈살을 찌푸렸다.

"너무 그런 소리 말고 레이도 뭔가 생각해 봐."

책에서 눈을 슬쩍 든 레이는 이내 다시 페이지로 시선을 떨궜다.

"…그러니까 익숙해지면 쉽게 잘 수 있을 거라고."

던지듯 중얼거리는 소년에게 엠마는 울컥했다.

"뭐야, 레이 넌 왜 그렇게 쌀쌀맞니? 같은 방 동생인데!"

엠마는 분개했지만 레이의 태도는 변함이 없었다. 곁에 있는 형제들이 안절부절못했다. 화내는 엠마를 노먼이 달랬다.

"엠마, 레이도 나쁜 뜻으로 하는 말은 아닐 거야. 그렇지 레이?"

중재하려는 노먼을 레이는 무시하고 그대로 책을 읽었다.

"엠마."

코니가 언니의 손을 잡았다. 돌아보는 엠마에게 코니는 생긋 웃었다.

"모두가 언제나 잠잘 때 와 주니까 이제 안 무서워. 나 오늘은 잘 수 있을 것 같아."

씩씩한 동생의 말에 엠마는 "…코니." 하고 중얼거리며 꼭 끌어안아 주었다.

코니가 잠들고 다른 방 형제들이 모두 돌아간 후, 레이는 불 꺼진 방 안에서 눈을 떴다.

"하아…."

작게 한숨을 쉬고 레이는 침대를 빠져나왔다.

레이는 주위에 아무도 없는 것을 확인하고 식당으로 향했다. 테이블이 늘어선 실내를 지나 식료품 창고 문을 열었다.

"부탁한 걸 가져왔단다."

아무도 없을 것 같았던 식료품 창고 안에는 이자벨라가 있었다. 이자벨라는 한손에 들고 있던 물건을 레이에게 건넸다.

"후후, 옛날 생각이 나는구나."

"……."

말없이 레이는 그것을 받아들고 발길을 돌려 방으로 돌아갔

다.

괜찮다고 했지만 그날 밤에도 역시 코니는 한밤중에 잠이 깨고 말았다.

"…자야 해."

코니는 코를 훌쩍이고는 아직은 낯선 천장을 바라봤다.

아기 침대에서 자던 때는, 기억하는 한 이렇게 캄캄한 밤중에 잠이 깬 적이 없었다. 자기 이름이 수놓아진 작은 인형을 꼭 쥐었다.

코니는 침대 안에서 몇 번이고 불안한 듯 몸을 뒤척였다.

밤에 혼자 깨어 있으니 역시 불안한 마음이 뭉게뭉게 부풀어 오른다.

"으… 히잉."

코니는 눈을 질끈 감았다.

"코니."

감고 있던 눈을 떴다. 목소리가 나는 쪽으로 몸을 돌려, 코니는 조심스레 일어나 앉았다.

"누구야?"

침대 옆에 레이가 서 있었다.

긴 앞머리를 늘어뜨리고 언제나 못마땅한 얼굴을 한 오빠. 코니는 같이 놀았던 기억이 거의 없다.

"······?"

의아한 듯 바라보는 코니에게 레이는 들고 있던 물건을 내밀었다.

"이거."

레이가 내민 것을 코니는 조심조심 받았다. 그리고 이내 그것이 뭔지 깨달았다.

"아…!"

손에 익은, 부드러운 소재의 감촉. 얼른 끌어당기고 코니는 그 그리운 감촉에 얼굴을 폭 파묻었다.

"내 담요!"

그것은 코니가 아기 침대에 있을 때 쓰던 아기용 담요였다. 파스텔 핑크색 담요는 여러 번 빨아서 색이 약간 바랬지만 길이 잘 들어 부들부들했다.

"고마워!"

코니는 담요를 꼭 끌어안고 웃는 얼굴로 레이를 봤다.

레이는 그때 비로소 눈을 살짝 접으며 웃었다. 어둠 속에서 그 얼굴은 또렷하게 보이지 않았다. 그러나 따스한 목소리에 코니는 오빠가 웃고 있다고 생각했다.

"잘 자, 코니."

레이의 목소리에 코니는 마음을 놓고 누웠다.

"잘 자."

코니는 담요를 자기 어깨까지 끌어올려 끄트머리를 잡고, 눈을 감았다. 부드러운 감촉에 기대어 코니는 깊이 숨을 들이마셨다. 그리운 아기 침대의 냄새가 코니를 감싼다. 이어서 숨을 내쉴 때는 이미 가물가물 졸음이 찾아와 있었다.

소등 후, 원래는 방에서 나오면 안 되는 시간이지만 엠마는 옆방의 코니가 걱정되어 살금살금 침대를 빠져나왔다.

그 생각을 한 사람은 엠마만이 아니었다.

"엠마."

복도에서 부르는 작은 목소리에 엠마는 놀라서 뒤를 돌아보았다.

"노먼!"

쉿, 하고 입에 손가락을 댔다.

"코니는 잠들었을까?"

"울고 있는 것 같진 않은데…."

엠마와 노먼은 가만히 레이의 방으로 다가가 문 손잡이를 돌렸다. 소리가 나지 않도록 가만히 문을 열고 틈으로 안을 들여다봤다.

"…뭐 하냐?"

문이 갑자기 안쪽으로 열려, 엠마와 노먼은 앞으로 넘어질 뻔했다.

안에서 문을 연 사람은 레이였다.

"레이, 안 잤어?"

노먼도 마치 매복이라도 하듯 서 있던 레이를 보고 눈이 휘둥그레졌다.

"코니는 자?"

엠마가 소리죽여 물었다. 발소리가 나지 않도록 가만히 안으로 들어갔다.

창문으로 비치는 달빛에 방 안의 모습이 희미하게 떠올랐다. 엠마는 새근새근 조용히 잠든 동생을 보았다. 옆에서 노먼도 그 잠든 얼굴을 보고 미소 지었다.

"다행이다. 자고 있구나."

"이건… 담요?"

코니가 뭔가를 몸에 감고 있는 것을 알아차린 노먼이 가리켰다.

"아!"

엠마도 깨닫고 작은 소리를 냈다.

"이거 본 적 있어. 아기 침대에서 쓰는 담요야!"

엄마가 가져다 줬어? 하는 엠마의 물음에 노먼이 바로 뒤를 이었다.

"아니, 레이 너지?"

"윽!"

이자벨라가 준 것으로 하려던 레이는 노먼의 말에 놀라 눈을 크게 떴다.

노먼은 천연스런 얼굴로 웃으며 말했다.

"엄마는 아직 2층에 올 시간이 아니고, 미리 줬다면 잠자기 전에 코니가 갖고 있었을 테니까."

레이는 순간 엄마가 자기에게 맡겼다고 할까 생각했지만 그 이유를 캐려 할 가능성도 있다는 생각에 결국 한숨을 섞어 끄덕였다.

"…그래."

"뭐어! 그랬던 거야?!"

엠마는 눈을 동그랗게 뜨고 다시 레이를 돌아보았다.

"굉장하다, 레이!"

노먼은 순수하게 감탄했다.

"어떻게 코니가 이 담요가 없어서 못 잔다는 걸 알았어?"

그렇게 묻자 레이는 고개를 약간 숙인다. 그리고 아무 일도 아니라는 듯 덤덤히 말했다.

"전에 읽은 책에 그런 이야기가 적혀 있어서."

"그렇구나!"

엠마도 노먼도 이윽고 얼굴을 마주 보고 키득키득 웃었다.

"역시 레이라니까."

"응, 이러니저러니 해도 말이야."

"뭐냐? 둘이 징그럽게…."

레이는 참을 수 없다는 듯 웃는 두 사람을 떨떠름하게 바라봤다.

엠마가 얼굴 가득 웃음을 띠고 레이에게 말했다.

"어찌 됐든 상관없다는 것처럼 보여도 사실은 코니를 생각해 주잖아."

미안해, 화내고 그래서. 하고 순순히 사과하는 엠마. 노먼도 뒤이어 말했다.

"레이는 모두를 잘 지켜보고 있구나."

"후우… 너희 이제 가서 자라."

지겹다는 듯 중얼거리고 레이는 턱으로 문을 가리켰다.

"후후, 그럼 잘 자, 레이!"

"코니도 잘 자."

들어왔을 때처럼 노먼과 엠마는 다시 조용히 문을 열었다 닫고 방 밖으로 나갔다.

두 사람을 보내고 레이는 크게 하품을 한 번 한 다음 자기 침대로 돌아갔다. 드러누워 베개에 머리를 묻고 눈을 감았다.

'어떻게 코니가 이 담요가 없어서 못 잔다는 걸 알았어?'

노먼의 물음이 머릿속에 떠올랐다.

'제아무리 노먼이라도… 그걸 단서로 눈치채지는 못하겠지.'

레이는 몸을 뒤척였다.

유아기 건망이 일어나지 않는 체질인 레이는 태아 시절부터의 기억을 모두 갖고 있었다. 그래서 아기 침대를 떠나 처음 2층 어린이 방으로 왔을 때의 일도 잘 기억한다.

엠마는 새 침대도 형제들과 함께 쓰는 방도 온몸으로 기뻐했다. 누나들이 '첫날부터 곯아떨어지더니 아침에는 신나서 뛰어다녔다'며 기막히다는 듯 이야기하던 것을 기억한다. 노먼도 밤에 칭얼거리지도 않고 손이 많이 안 가는 아이였지만 세 살 무렵에는 병치레가 잦아서 이자벨라가 곧잘 어린이 방에 와서 데려가곤 했다.

자신도 분명 형이나 누나들이 보기에는 손이 안 가는 아이였을 것이다.

하지만 처음 침대를 바꾸던 날 밤, 레이는 잠을 잘 자지 못했다.

그러던 때 수잔이라는 누나가 아기 침대에서 쓰던 담요를 가져다주었다.

'레이, 이게 있으면 마음이 놓이지 않을까?'

그렇게 말하며 부드러운 감촉의 담요를 건넸다.

그렇게 레이가 새 침대에 적응한 것을 아는 형이나 누나는 이제 없다. 이자벨라조차 레이가 코니의 담요를 부탁할 때까지는 그것을 잊고 있었을 정도다. 그 정도로 사소한 일이었다.

레이는 귀를 기울였다. 어린 동생이 잠을 깬 기척은 없었다.

사실은 자신의 체질을 들킬 만한 행동은 하고 싶지 않았다. 하지만 코니를 보고 있으면, 분명 예전의 자기와 같은 기분일 거라는 생각이 들었다.

"……."

동생의 곤한 숨소리를 들으며, 레이는 작게 한숨을 쉬고 눈을 감았다.

아침 여섯 시, 오늘도 하우스에 기상을 알리는 종이 울렸다.

"후아아아."

밤늦게까지 자지 않은 탓에 졸음이 남은 레이는 눈을 뜨기는 했지만 침대에 멍하니 웅크리고 있었다.

"레이."

이름을 부르는 혀 짧은 소리에 고개를 돌렸다. 침대 옆에 연한 분홍색 담요를 끌어안은 코니가 서 있었다.

"좋은 아침! 저기, 고마워."

구김살 없는 웃음에 레이는 앞머리에 가려진 눈을 살짝 떴다. 그리고 살짝 그 눈을 접는다. 언제나 마음속에 담아둔 생각이 흘러나왔다.

언젠가 이 어린 동생도 보내야 할 날이 오겠지.

'그래서 싫었던 거야….'

천진하게 다가와 주면 그만큼 버려야 할 때 더욱 괴로워진다. 그렇게 생각해서 거리를 두려 해도 그러도록 내버려 두지 않는 이 하우스의 형제들을 레이는 떠올렸다.

'코니에게 잘해 주잖아.'

엠마가 자신에게 한 말이 되살아났다. 난 그렇게 좋은 사람이 아니야, 하고 레이는 자조했다.

'그때'가 오면 자기는 반드시 형제들을 배신할 테니까.

"레이…?"

고개를 갸웃거리는 코니에게 레이는 눈부신 듯 미소 지었다.

그렇다면 적어도 그때까지는….

"좋은 아침, 코니. 잘 잤다니 다행이네."

레이는 침대에서 일어나, 동생에게 손을 뻗었다. 쓰다듬은 조그만 머리는 따스했다.

* * *

레이는 형제들이 이야기하는 동생의 추억담에 귀를 기울이며 가만히 자신의 한쪽 손을 내려다봤다.

"그래… 처음에는 방을 옮기는 것도 무서울 테니까."

엠마는 여러 형제들과 같은 방에서 자고 일어난다면 즐겁겠다고 생각했지만 쭉 '엄마'와 함께 있던 어린 아이들은 불안하기도 했을 것이다.

"그래도 결국 잘 자게 됐잖아."

"근데 어떻게 해서 그런 거더라?"

"우리 자장가 덕분 아니야?"

"응? 그랬던가?"

입을 모아 당시 이야기를 하는 형제들을 노먼은 잠자코 바라보았다. 그리고 레이를 힐끔 돌아봤다.

그때는 레이가 진실을 알고 있는 줄 몰랐다. 유아기 건망이 일어나지 않는 체질도, 왜 형제들과 어딘가 선을 긋듯이 대하는지도.

노먼의 시선을 느끼고 레이는 겸연쩍은 듯 중얼거렸다.

"뭐냐?"

"아니, 아무것도 아냐."

노먼은 미소 짓고 천천히 고개를 저었다.

"그렇구나… 코니가 가르쳐 줬구나."

"…그래."

레이는 오른손을 쥐었다가 조용히 내렸다.

용서받았다고 생각하지는 않는다.

하지만 오래전부터, 이제는 떠나보낸 가족들 중 누구도 자기를 나무라거나 원망하지는 않는다고, 그렇게 생각하게 되었다.

체스의 격언

(애니메이션 〈약속의 네버랜드〉 1기 Blu-ray&DVD Vol.3 소책자 게재)

하우스에서 지냈던 날들의 이야기를 들으며 엠마는 조용히 입을 열었다.

"있잖아."

형제들을 보고 물었다.

"'엄마'는 어떤 사람이었어?"

엠마는 쭉 하고 싶었던 질문을 겨우 말했다.

하우스가 어떤 곳이었는지 듣고, 어머니인 줄 알았던 여성이 자기들을 관리하는 사육감이었다는 것은 이미 알고 있었다. 형제들에게 괴로운 화제일지도 모른다고 생각했지만 엠마는 묻지 않을 수 없었다.

하우스의 추억을 들으면 들을수록 더욱 그 사람이 궁금해졌다.

'엠마.'

다정하게 이름을 불리는 상상을 하면 가슴 깊은 곳이 따뜻하고 먹먹해졌다.

"나를 감싸고, 그쪽 세계에서…."

엠마는 그렇게 중얼거리고 자신을 끌어안았다.

같이 오지 못했다는 것도, 그 이유도 들었다.

"적이었지만… 마지막에는 우리를 지켜 줬지?"

"응. …상냥하고 강한… 엄마였어."

노먼은 차분한 목소리로 대답하고 그때의 일을 떠올렸다.

덮치는 귀신의 손톱은 어린 형제를 감싸려는 엠마의 몸을 할퀼 듯했다. 자신도 레이도 총을 겨눴지만 이미 늦었다는 계산이 머릿속에서 터져 나오고 있었다.

그러나 적의 거대한 손톱은 엠마 앞에서 가로막혔다.

이자벨라가 자신의 몸을 방패로 아이들을 지킨 것이다.

농원에서 살아남은 어른은 곧 사육감으로서 아이들을 희생해 온 존재다. 코니도 그 전의 형제들도 이자벨라는 죽을 줄 알면서 하우스를 떠나보냈다.

그 과거는 결코 바꿀 수 없다. 하지만 그만큼이나, 아이들에게 쏟아 온 애정은 진심이었다.

"엄마도 여기 같이 올 수 있었으면 좋았을 텐데…."

"응… 엄마가 보고 싶어."

냇이 중얼거리자 로시가 작은 목소리로 덧붙였다. 형제들 모두 같은 표정이었다. 눈물이 고인, 그러면서도 다정한 미소를.

그것은 마지막 순간의 기억이 없는 엠마도 마찬가지였다. 엠마는 조용히 입을 열었다.

"응… 나도 만나고 싶어."

그 꿈이 그토록 가슴을 미어지게 하는 것은 목숨과 바꾸어 자기를 지켜 준 사람의 꿈이기도 했기 때문이다.

엠마는 가슴에 손을 얹었다. 자연스레 펜던트에 손이 포개졌다.

기억을 잃고 느낀 가장 큰 고통은 이제 만날 수 없는 소중한 사람이 생각나지 않는 것이었다.

그 사람들과는 두 번 다시 이렇게 만나 웃으며 새로운 추억을 만들어 갈 수 없다. 그것이 엠마는 슬펐다.

그쪽 세계에 남은 '송쥬' 그리고 이 펜던트를 준 '무지카'. 종족은 다르지만 소중한 인연을 맺었다고 들었다. 생각해 보면 이 펜던트를 그때 떨어뜨리지 않았다면 가족과 이렇게 만나지도 못했을지 모른다.

''무지카'가 가르쳐 준 걸까…?'

돌아서는 레이를 이제 없는 어린 여동생이 불러 준 것처럼.

'그리고 '유고'도 '루카스'도….'

자신들과 같은 식용아였던 어른들. 싸우는 방법을 가르쳐 주고 마지막까지 가족을 지켜 줬다고 들었다. 엠마는 모두 형제들의 이야기를 통해서만 알 수 있었다.

싸우면서 적으로 만나 목숨을 잃은 사람도 많았을 것이다. 만약 기억이 있다면 자기는 그들을 증오했을지도 모른다. 하지만 그조차 지금은 생각나지 않는다.

그래서 마음에 떠오르는 감정은 역시 '살아서 만났다면'이었다.

살아 있었다면 다른 길도 있었을지 모른다.

이자벨라처럼 한 번은 적을 위해 일했던 엄마나 시스터들도 지금은 새 인생을 살아가고 있다.

엠마는 그들 사이에서 어떤 얼굴인지도 모르는 '엄마'의 모습을 찾으려 했다.

그 꿈속의 누군가를 찾아 헤매듯.

"많은… 소중한 걸 얻었겠구나….”

엠마는 나직이 중얼거렸다. 아무리 생각해 내려 해도 손을 짚은 가슴속에는 희미한 온기가 번질 뿐이다.

"그렇지.”

노먼은 조용히 말을 걸었다.

"우리가 탈옥할 수 있었던 것도, 세계를 넘어 여기까지 올 수 있었던 것도, 우리를 기른 사람이 그 엄마였기 때문이야.”

최고의 상품을 만들어 내기 위해 하우스에서 대결했을 때는 그렇게 말했다. 하지만 자신들에게 지혜와 용기, 가족을 생각하는 상냥한 마음을 준 사람은 분명 이자벨라라고 하지 않을 수 없었다.

노먼은 그리운 듯 먼 곳에 시선을 보냈다.

"마지막까지 엄마한테는 체스로 이기지 못했지.”

만약 살아서 이 세계에서 다시 체스판을 사이에 두고 만나게 된다면….

지금이라면 그 사람을 이길 수 있을까?

* * *

"체크메이트."

노먼의 그 말을 듣고 대전하던 엠마는 소리쳤다.

"으악! 뭐야?!"

생각지도 못한 위치에서 체크메이트를 건 나이트를 보고 엠마는 어이가 없었다. 반상의 킹을 노먼은 빙그레 웃으며 손끝으로 쓰러뜨렸다.

"어어?! 이번에는 이길 수 있을 줄 알았는데!"

분하다! 하고 엠마는 몸을 배배 꼬며 머리를 감싸쥐었다.

소등 전 시간, 엠마는 침대에 체스판과 말을 가져와 노먼과 레이와 함께 체스를 두며 놀곤 했다.

"후후, 하지만 엠마, 거기서 설마 킹을 움직일 줄은 몰랐어."

잡은 말을 다시 늘어놓으면서 연승 기록을 갈아치운 노먼은 상냥하게 말했다.

옆에서 두 사람의 시합을 지켜보던 레이는 책에서 시선을 떼고 중얼거렸다.

"…말은 그렇게 하면서 대처는 빈틈없이 하더란 말이지."

엠마가 둔 수가 정말 노먼에게 예상 밖이었다 해도 노먼의

포진은 처음부터 그것까지 계산에 넣은 것처럼 완성되었다.

엠마는 말 배치를 다시 보며 생각에 잠겼다.

"음… 그럼 패인은 그건가?"

"엠마의 패인이라기보다 노먼의 수가 피도 눈물도 없었다는 거지."

옆에서 관전하던 레이도 도저히 꿰뚫어 보지 못한 수였다. 체크메이트를 부르기 전까지는 엠마가 쥔 흰 말의 포진이 더 우세하게 공격하는 듯 보였다. **그렇게 보이도록 만들었다.** 실제로는 흑의 비숍과 나이트에게 엠마의 킹은 완전히 봉쇄당해 있었던 것이다.

말을 다시 놓고 엠마는 레이의 셔츠를 잡아당겼다.

"그럼 다음은 레이! 나랑 두자!"

"난 빼 줘."

다시 독서하는 친구에게 엠마는 볼멘 시늉을 했다. 그러고는 다시 체스판 쪽으로 몸을 내밀며 말했다.

"근데, 하우스를 나가기 전까지는 엄마한테 체스로 이겨 보고 싶어."

마지막 말을 다 놓고 노먼은 끄덕였다.

"그렇구나. 결국 아직 한 번도 못 이겨 봤으니까."

"그치만 지금의 노먼이라면 엄마한테도 이길 수 있지 않을까?"

기대가 담긴 엠마의 말에 노먼은 쓴웃음을 지었다.

"글쎄. 엄마가 진심으로 상대하면 아직은 못 이길 것 같네."

손끝으로 퀸을 건드리며 노먼은 눈을 내리깔았다.

어린 시절부터 지금까지 몇 번이나 이자벨라와 체스를 두어왔다. 당시에 비하면 봐주지 않게 된 것은 사실이지만 이것도 이자벨라의 진짜 실력이라는 생각은 들지 않았다. 하다못해 진심으로 상대해 주는 정도까지는 가고 싶다.

노먼의 그 말을 듣고 레이는 고개를 들며 중얼거렸다.

"엄마는 어머니이자 스승인가…."

레이가 흘린 말에 노먼은 재미있다는 듯 웃었다.

"뭐야."

레이는 의아한 듯 노먼을 봤다. 노먼은 웃으며 알려 주었다.

"하지만 내게 체스를 가르쳐 준 사람은 레이인걸."

그 말에 엠마의 눈이 동그래졌다.

"뭐? 그랬던가?"

"…잘도 기억하네."

퉁명스레 중얼거린 레이에게 노먼은 빙그레 웃었다.

"그야 당연하지. 그건 내가 처음으로 체스에서 진 날이기도 했으니까."

노먼은 그렇게 말하고 어린 시절의 일을 떠올렸다.

오후의 하우스는 전에 없이 떠들썩했다. 어제부터 내리는 비 때문에 아이들은 자유 시간을 실내에서 보내야 했다.

"거기 서!"

"이쪽이지롱!"

형제들과 함께 엠마의 목소리가 복도에 울렸다. 술래인 오빠를 가볍게 피하고 엠마는 계단을 뛰어 올라갔다. "엠마, 위험해." 그 모습에 웃으면서도 노먼은 걱정스레 말을 걸었다.

"응! 고마워, 노먼! 괜찮아!"

엠마는 소리치면서 바람처럼 계단 위에 다다랐다. 신이 나서 떠들어 대는 목소리에 노먼은 작게 쓴웃음을 지었다.

계속 내리는 비 때문에 바깥 놀이를 할 수 없어서 운동을 좋아하는 형제들은 체력을 주체 못 하는 듯했다.

그중에는 당연한 듯 노먼이 지금 찾는 상대의 모습은 없었다. 2층으로 올라가자 노먼은 도서실 문을 밀어 열었다.

"어? 없네."

틀림없이 여기 있을 줄 알았는데 거기에 레이의 모습은 보이지 않았다. 노먼은 고개를 갸웃거렸다.

"노먼, 누구 찾아?"

책장 앞에 있던 누나가, 들어온 동생에게 물었다.

"응. 레이 안 왔어?"

놀이방에 없어서 당연히 도서실에 있을 줄 알았는데.

"좀 전까지 있었는데… 책을 들고 다시 나가 버렸어."

"그렇구나. 고마워."

노먼은 누나에게 인사를 하고 도서실을 나왔다.

'음, 그렇다면 분명….'

노먼은 복도를 걸어 레이의 침대가 있는 어린이 방을 들여다 보았다.

다른 아이들은 아무도 없이, 쥐죽은 듯 조용한 방 안에 레이의 모습이 있었다. 자기 침대에 걸터앉아 레이는 혼자 체스를 두고 있었다. 창밖에 비가 내려 실내는 어두컴컴했다.

"……."

한쪽 무릎을 당기고 앉아 한쪽에 펼쳐 둔 책에 시선을 두며 체스판 위의 말을 움직였다. 상당히 집중하고 있는지 노먼이 들어온 줄도 모르는 듯했다.

"레이."

부르는 쪽으로 고개를 들었을 때 이미 노먼은 바로 앞에 와 있었다. 털썩 하고 체스판 반대쪽에 앉았다.

"굉장하다, 레이 너 체스 둘 줄 알아?"

노먼의 말에 레이는 심드렁한 얼굴로 대답했다.

"…그냥."

"저기, 나도 가르쳐 줘."

"뭐?"

"그러니까 체스 말이야."

노먼은 레이의 대답을 듣지도 않고 말을 가리켰다.

"이거 원래대로 놔도 돼?"

"…노먼이라면 책으로도 배울 수 있을 텐데."

노먼은 레이가 내민 체스 교본을 밀어냈다.

"그렇지 않아."

고개를 젓고 다시 빙그레 웃었다.

"그리고 체스는 상대가 있어야지."

반박할 여지를 주지 않는 미소를 지으며 노먼은 검지를 세웠다.

"……."

레이는 단념하고, 체스판에 놓아 가며 외우던 정석 형태를 무너뜨린 후 말을 원위치에 되돌렸다.

"어, 처음엔 이렇게 배치하는 거였나?"

"그래. 하얀 퀸은 하얀 칸에 놓고."

똑, 똑, 똑 하고 말을 체스판에 놓는 소리가 어린이 방에 울렸다.

"흐음… 그렇구나. 움직임은?"

"두면서 가르쳐 줄게."

지금은 기본만 알려 줄 테니까, 하고 레이는 말을 움직이기 시작했다. 그것을 보는 노먼의 시선은 사뭇 진지했다. 엷은 색

눈동자가 깜빡이지도 않고 반상을 바라봤다.

"폰은 기본적으로 한 칸씩 전진. 되돌아가진 못해. 시작할 때만 두 칸 나아갈 수 있어. 대각선으로 갈 수 있는 건 적의 말을 잡을 때만. 룩은 전후좌우 몇 칸이든 움직일 수 있어."

레이는 담담히 모든 말을 설명한다.

"…이 정도면 되나? 킹을 잡는 쪽이 이긴다는 건 기본적으로 알고 있지?"

응, 하고 노먼은 끄덕였다. 턱에 손을 괴고 흥미로운 듯 체스판을 바라봤다.

"재밌네."

"…아직 아무것도 안 했는데?"

레이는 의아한 듯 동갑내기 형제를 봤다. 이 타고난 천재는 개시하지도 않은 체스판에서 대체 뭘 보고 있는 것일까?

"그럼, 노먼이 먼저 둬."

레이의 권유에 노먼은 첫 번째 말을 움직였다. 퀸 앞의 폰을 두 칸 앞으로 이동시켰다.

"……."

세운 무릎에 턱을 괴고 레이도 가운데 쪽 폰을 두 칸 앞으로 내밀었다.

교대로 말을 움직여 갔다. 노먼은 레이의 설명만으로 말의 움직임을 모두 파악하고 있었다. 두면서 이따금 질문하기도

했다.

"이렇게 하는 것도 돼?"

"그래. 하지만 킹과 룩은….."

레이는 그때마다 담담히 대답했다. 체스판을 사이에 두고 노먼은 앞머리에 가려진 레이의 표정을 슬쩍 들여다봤다.

레이는 불가사의한 점이 많은 형제였다.

철들 무렵부터 쭉 함께 자랐지만 그런 노먼도 레이가 무슨 생각을 하는지 이따금 알 수 없을 때가 있었다.

즐거울 때 큰 소리로 웃는 모습을 본 적이 없고, 싸우다 우는 모습도 본 적이 없다.

노먼 역시 엠마처럼 바탕부터 밝고 외향적인 성격은 아니지만 레이는 본질적으로 다른 느낌이 들었다.

'같은 나이인데도 레이는 어떻게 이토록 차분할까….'

나이트를 전진시킨 레이의 진을 확인했다. 어떤 생각을 하고 어떤 형태로 체크메이트를 향해 갈까. 노먼은 그 머릿속을 상상했다.

'레이는 무슨 생각을 하고 있을까?'

놀다 보면 어느새 무리에서 떠나 책을 읽고 있다.

혼자 있는 것을 좋아해서 그런가 하고 생각할 때도 있었지만 레이는 스스로 형제들과 본인 사이에 선을 긋는 듯했다. 엠마는 다짜고짜 레이를 끌고 와 무리 안에 넣어 버리지만 노먼은 이따금 생각할 때가 있다.

왜 레이는 가끔 무척 외로워 보일까?

"아."

그렇게 생각에 잠기다 보니 정작 체스를 소홀히 하고 있었다. 노먼은 체스판의 전황을 보고 작게 탄식했다. 말을 놓은 레이를 향해 고개를 들고 잘라 말했다.

"이러면 나는 이제 이길 수 없지?"

"······!"

레이는 노먼의 말에 놀랐다. 노먼은 확인하듯 체스판을 둘러봤다.

"응, 어느 패턴으로 둬도 이길 방법이 없네."

아직 시합의 승패가 결정되지는 않은 것처럼 보였다. 확실히 이번 15수 째에는 체스판 중앙에 레이의 검은 말이 자리를 굳히고 있었다. 이대로 계속하면 자신이 우세하다는 생각을 레이도 하고 있었다. 그러나, 하고 중얼거렸다.

'···몇 수 앞까지 읽은 거야···?'

노먼은 체스를 처음 두는 사람으로 보이지 않을 만큼 말의 움직임과 그 특성을 완벽하게 파악하고 있었다.

체스를 두면서 레이는 노먼이 노릴 만한 포진을 상상했다. 노먼이 그것을 완성하기 위해 이쪽의 움직임을 제한, 유도한다는 것도 알고 있었다.

그러나 체스에는 정석이라는 것이 있다.

서반에 유효한 위치로 말을 움직여 두면 그 후에 상대가 아무리 공격해도 성공할 수 없다. 레이가 책에서 보고 배운 것은 그 정석 부분이었다.

오히려 그것을 모르는 노먼이 여기까지 말을 움직여 온 것에 레이는 놀랐다.

"레이? 맞지?"

노먼은 맞은편에 앉은 레이에게 확인하듯 고개를 갸웃거렸다.

"…그래."

레이는 그 밖에는 대답할 말이 없어 끄덕였다. 솔직히 노먼이 시뮬레이션한 수의 전모를 레이는 확인할 방도가 없었다.

"으음…."

이마에 손을 짚고 고개를 숙인 노먼에게 레이는 망설이다가 말했다.

"뭐… 그게, 처음이니까."

"응, 굉장하구나 체스는!"

레이의 위로와 동시에 노먼은 드물게 큰 소리로 감탄했다. 자신을 향해 상쾌하게 웃는 얼굴에 레이는 맥이 풀리고 말았다.

"뭐…?"

어이없어하는 레이에게 노먼은 즐거운 듯 말을 원위치에 놓았다.

"응, 그렇구나… 좀 더 단순한 놀이인 줄 알았는데 굉장히 심오해."

혼자서 거듭 끄덕인 후 한 번 더 하자며 노먼이 말을 거는 타이밍에 방문이 활짝 열렸다.

"아! 너희 둘 다 이런 곳에 있었구나!"

열어젖힌 문으로 엠마가 뛰어 들어왔다. 술래잡기 무리에서 빠져나왔는지 아직 숨을 헐떡이며 두 사람에게 달려왔다.

"어! 굉장해! 레이랑 노먼은 체스 둘 줄 알아? 나도 하고 싶어!"

침대에 놓인 체스판을 보고 엠마는 얼굴을 빛낸다. 노먼은 조심스레 대답했다.

"나도 지금 레이한테 배우는 중이야."

"뭘, 난 그냥 말 움직임만 가르쳐 줬을 뿐인데."

정말 그랬다. 본래는 가르침을 받으며 배워 갈 정석이나 시합 운용을 노먼은 그 두뇌만으로 계산해서 이끌어 내고 있었다.

"그럼 레이, 이번엔 나한테 체스 가르쳐 줘!"

반대쪽에서 침대에 올라와 엠마는 심판이라도 보듯 체스판 옆에 앉았다. 레이와 노먼의 얼굴을 번갈아 보고 엠마는 좋은 아이디어라는 듯 웃었다.

"그럼 셋이서 체스하고 놀 수 있잖아!"

엠마는 얼굴을 빛내며 체스 말을 가리켰다.

"어… 그럼 난 이쪽 말을 움직일 테니까 노먼은 이쪽에서 여기까지. 레이는 그쪽 말을 맡아!"

"엠마, 체스는 그렇게 하는 게 아닌데?"

"…마음대로 게임을 만들어 내지 마…."

노먼은 재미있다는 듯 웃고, 레이는 기가 막힌 듯 한숨을 쉬었다.

"어? 그럼 하는 법을 가르쳐 줘!"

"난 한 번 더 하고 싶은데."

두 사람의 밝은 얼굴을 마주하며 레이는 한순간 복잡한 감정에 사로잡혔다. 조금 전 엠마가 아무 의도 없이 한 말이 떠올랐다.

'셋이서 체스하고 놀 수 있잖아!'

마치 셋이 한 팀인 '친구'처럼.

'…나는 아닌데….'

레이는 고개를 숙였다.

"…책 보고 배우면 돼."

무뚝뚝하게 중얼거리고 레이는 체스 해설서를 엠마에게 툭 던졌다. 그러고는 얼른 침대에서 발을 내리고 일어섰다.

"어! 레이가 가르쳐 줘~!"

엠마는 방을 나가는 그 등에 대고 소리쳤다.

"아우~ 레이이~! 책만 보곤 모르겠다구~!"

"……."

엠마가 모르겠다며 내던지는 해설서를 노먼이 받았다. 그리고 레이가 나간 문 쪽을 바라보았다.

"……레이는."

"저기 노먼! 나도 체스 하고 싶으니까 가르쳐 줘~!"

엠마의 애원에 노먼은 정신을 차렸다.

"응, 우리 같이 공부하자."

어… 이 말이 킹, 이게 퀸이고… 하며 노먼은 체스판에 늘어놓은 말에 대해 설명했다.

밖으로 나간 레이는 방 안에서 들리는 두 사람의 목소리에 잠시 귀를 기울였지만, 이내 그 자리를 떠나 버렸다.

그날도 오후 자유 시간 도중에 비가 내리기 시작해, 아이들은 하우스 안에서 저마다 놀이에 열중하고 있었다.

"아~ 역시 못 이기겠어!"

"음… 이 작전도 엄마한테는 안 통하네."

이자벨라와 2 대 1로 체스 대전을 하던 형과 누나가 체크메이트를 두고 소리쳤다. 이자벨라는 언제나처럼 온화하게 웃으며 킹을 집어 들었다.

"후후, 하지만 둘 다 많이 늘었구나."

체스 대결이 펼쳐지는 동안 레이는 무릎에 책을 얹고 독서에 열중해 있었다.

힐끔 돌아본 체스판은 확실히 형과 누나 쪽, 백에 유효한 말이 여러 개 남아 있었다. 하지만 그걸 공격에 적절히 사용하지 못한 듯하다. 이자벨라의 말은 그 허를 찌르듯 손쉽게 킹을 파고들었다.

"어디서 잘못 됐는지 알겠니?"

이자벨라의 질문에 형은 팔짱을 끼고 미간에 주름을 잡았다.

"어?"

"어딜까? 맨 처음에?"

답을 내리지 못하는 두 사람에게서 이자벨라는 시선을 돌렸다. 갑자기 옆에 있던 레이에게 말을 걸었다.

"레이는 알겠니?"

아무 예고 없이 날아온 질문에 레이는 움찔 어깨를 움직였다. 아무렇지 않은 듯 웃으며 이자벨라는 레이의 대답을 기다렸다.

"……."

입가에만 웃음이 새겨진 이자벨라의 시선에 레이는 하는 수 없이 책을 덮었다. 체스판으로 다가가 승패가 결정된 반면을 보면서 잠시 생각하고 손가락을 움직였다.

"…체크메이트한 퀸을 이 시점에서 막아야 했어요."

말 배치를 되돌린 레이에게 형과 누나들은 감탄했다.

"아아, 그렇구나!"

"그래, 레이. 맞았어. 자, 만약 이렇게 했다면….."

이자벨라는 레이의 답에 끄덕이고 다른 말 배치도 되돌려 이번에는 백의 말을 이동시켰다.

"자, 여기서 체크메이트할 수 있었을지도 모르잖니?"

"정말이네!"

놓쳤던 기회를 보고 손위의 두 아이는 눈을 동그랗게 떴다. 역할을 마치고 다시 책을 읽으러 가는 레이를 누나가 확 잡아끌었다.

"그럼, 이번엔 레이 차례!"

"뭐어?!"

다시 책을 읽으려던 레이는 억지로 체스판 앞에 앉혀졌다.

"레이! 우리 원수를 갚아 줘~!"

애원하듯 어깨를 흔드는 형의 손을 레이는 성가시다는 듯 뿌리쳤다.

"…어, 알았다고. 하면 되잖아."

단념하고 다시 책을 내려놓은 레이는 이자벨라와 대치했다. 이자벨라는 손가락을 턱에 대고 빙그레 웃었다.

"레이와 체스를 두는 것은 처음이었나?"

즐거운 듯 중얼거리고 이자벨라는 체스판의 말을 원위치로

되돌렸다.

"자, 골라 주겠니?"

이자벨라는 양손에 폰을 하나씩 쥐고 보이지 않도록 내밀었다. 체스의 선공과 후공은 이렇게 해서 고른 폰이 백이냐 흑이냐로 결정되는 것이다.

레이는 이자벨라의 오른손을 골랐다.

"백. 레이가 선공이구나."

배치를 마친 자신의 검은 말로 이자벨라는 손을 뻗었다.

"그래. 처음이니까 핸디캡을 줘야지…."

상냥한 목소리로 말하면서 이자벨라는 진지의 폰을 모두 걷어냈다.

"윽!"

그리고 비숍 한 쌍도 치우고 얼굴을 레이 쪽으로 향했다.

"자, 이러면 어떨까?"

이자벨라의 말은 킹과 퀸, 한 쌍의 나이트와 룩만 남았다.

'…제길, 날 바보로 알아…?'

레이는 속으로 욕을 했지만 표정에는 드러내지 않고 입술 끝을 올렸다.

"고마워요, 엄마."

시선이 마주치자 한순간, 아무도 눈치 못 챈 긴박한 공기가 흘렀다.

레이는 하얀 폰을 손에 들고 게임을 개시했다.

압도적인 말의 개수라는 핸디캡을 얻었지만 이자벨라를 열세로 몰아넣기란 어려웠다. 당연하다. 레이는 이제 겨우 시합 운용 방법을 익힌 참이니까.

"후후, 이 룩은 내가 가져갈게."

"…윽."

하나, 또 하나 말을 빼앗길 때마다 승리의 기회는 막혀 갔다. 레이는 필사적으로 체스판의 전황에 집중하려 했다. 한 번이라도 판을 잘못 읽으면 순식간에 체크메이트를 당할 것 같았다.

이 적은 말로 이자벨라는 어떻게 공격해 올 것인가. 레이는 상상할 수 있는 모든 상황을 그려 보았다. 말만 생각하면 자기가 아직 압도적으로 유리한 것이다.

"그래… 그럼 다음은 여기?"

그러나 상대는 이자벨라다.

여유로운 웃음을 지은 채 말을 움직여 또 하나의 기회를 앗아간다.

레이는 주의 깊게 승리를 이끌어 낼 수 있도록 포진을 갖추고 말을 움직였다. 방어 일변도였지만 지금 할 수 있는 일은 그것뿐이었다.

'좌우간 체크메이트를 당하지만 않도록….'

"자, 레이 차례야."

다음 말을 움직이려다가 레이는 가슴이 철렁했다.

'아뿔…싸….'

킹을 지키던 비숍이 이자벨라가 둔 퀸에 막혀 버렸다.

만약 비숍이 피한다면 퀸이 반드시 체크메이트를 걸 것이다. 따라서 비숍은 공격에 쓸 수 없게 되고 말았다.

코앞까지 들어온 이자벨라의 퀸을 공격할 수 있는 말도 보이지 않는다.

지금까지 표정을 바꾸지 않던 레이도 무심코 입술을 깨물었다.

'제길….'

이렇게 봐주는데도 이자벨라를 이길 수 없단 말인가.

물론 이 수를 둔다고 해도 당장 승패가 결정되는 것은 아니다. 그러나 지금 레이의 상황으로 생각하면 이자벨라에게 절대 잡히고 싶지 않은 인질을 빼앗긴 것과 마찬가지다.

평소에는 철저히 끊어 내는 울분과 초조함이 가슴에 넘쳤다. 그냥 체스일 뿐인데. 간단히 체크메이트를 당한들 대수인가. 애초에 엄마를 이길 수 있을 것도 아니었고. 그렇게 머리로는 생각하지만 눈앞에 다가온 현실에 레이의 감정은 요동쳤다.

"…제길."

레이는 고개를 숙였다. 저도 모르게 소리 내 중얼거렸을 때였다.

"여기 아니야?"

옆에서 손이 슥 뻗어와 레이의 퀸을 움직였다.

"자, 이쪽 말을 이렇게 하면?"

움직인 퀸은 흑 진지의 말을 공격할 수 있는 위치로 옮겨 갔다. 이 말이 킹의 방패 역할을 하므로 흑의 퀸은 방어를 위해 물러가야 한다.

급전한 전황에 레이는 눈을 크게 뜨고, 곁에서 체스판을 들여다보는 옆얼굴을 돌아보았다.

"노먼."

말에서 손을 떼자 노먼은 마주한 이자벨라를 올려다봤다.

"엄마, 저도 같이 둬도 될까요?"

이자벨라는 그렇게 묻는 노먼을 보고 눈을 동그랗게 떴다가 이내 부드러운 미소를 지었다.

"그렇게 하렴. 둘이서 의논해도 괜찮아."

이자벨라는 너그러이 체스판을 손으로 가리켰다. "고맙습니다." 하고 노먼은 그제야 옆에 앉은 레이에게 시선을 돌렸다.

"괜찮아? 레이."

평소처럼 웃는 얼굴로 묻는 노먼에게 레이는 저도 모르게 끄덕이고 있었다.

"…괜찮아, 하지만."

노먼은 옆에 앉자 다시 한번 체스판의 상황을 눈으로 살폈다. 그 모습을 이자벨라는 물끄러미 관찰하고 있었다.

노먼은 말을 움직였다.

궁지에 몰렸던 레이의 포진이 조금씩 되살아났다.

"으음."

노먼이 몇 수를 뒀을 무렵 놀이방에 엠마가 뛰어 들어왔다.

"앗, 노먼, 레이 여기 있었네!"

두 사람을 찾던 엠마는 큰 소리로 말했다.

"어! 체스 하네!"

엠마는 체스판을 보고 환성을 질렀다.

"굉장하다, 둘이 이기고 있어!"

"바보야, 엄마 말이 원래 적었다구."

레이의 말에 엠마는 고개를 갸웃거렸다.

"그럼, 너희 둘이 지고 있는 거야?"

이자벨라는 후훗 하며 웃고 엠마에게 미소 지었다.

"글쎄, 어떻게 되고 있을까?"

체스판을 가리키며 이자벨라는 말했다.

"엠마도 좋은 수가 떠오르면 두 사람에게 가르쳐 줘도 좋아."

"알겠어요! 맡겨 줘, 레이, 노먼!"

엠마는 가슴을 펴고 팔을 걷어붙였다. 레이는 얼굴을 찌푸리고 중얼거렸다.

"…아니, 보나마나 엉망진창이 될 건데."

"아니거든!"

엠마는 자신만만하게 대답하고 각각의 말을 지그시 바라봤다. 그 모습을 노먼은 흐뭇하게 지켜보았다.

보통이라면 장기전으로 가지 않을 이자벨라였지만 이번에는 쉽게 체크메이트까지 가지 않았다.

교착된 국면에서 맨 먼저 움직이기 시작한 것은 엠마였다.

"으음…."

엠마는 말에 손을 뻗었다.

"저기, 이 말 모양 있잖아."

"나이트라는 거야."

레이에게 지적당하며 엠마는 나이트를 이동시켰다.

"봐 봐, 이렇게 하면 어때?"

나이트의 움직임 자체는 틀림이 없다. 하지만 상당히 변칙적이고 엉뚱한 한 수였다. 실제로 레이도 노먼도, 어쩌면 이자벨라조차 이런 수는 생각 못 했을지도 모른다.

여기 나이트를 둠으로써 이자벨라의 퀸을 누를 수 있게 되었다.

"아…."

"굉장하다 엠마, 잘했어!"

노먼의 얼굴이 활짝 밝아졌다. 이자벨라 또한 그 수를 물끄러미 본 후 미소 지으며 엠마를 칭찬했다.

"용케 생각해 냈구나."

"헤헤헤."

칭찬을 받아 기쁜 듯 엠마는 웃음 지었다.

"그래도 쉽게 이기게 해 주진 않을 거야?"

이자벨라는 속삭이고 한 수를 두었다.

노먼은 이자벨라의 그 말이 그 칸으로 오는 순간을 기다리고 있었다.

"응, 이기지는 못할 거야…."

노먼은 중얼거리고 손끝으로 룩을 집어 올리더니 천천히 내려놓았다.

"그래서 이렇게 해 봤어요."

이자벨라는 체스판의 배치를 보고 눈썹을 추켜올렸다.

"어머?"

레이 역시 숨을 삼켰다.

"…스틸메이트."

완성된 반상의 형태를 보고 중얼거렸다.

"어? 뭐? 스틸?"

엠마는 무슨 일이 일어났는지 모른 채 눈만 데굴데굴 굴리며 레이와 이자벨라를 번갈아 봤다. 레이가 그 말의 의미를 알려 주었다.

"스틸메이트는 무승부라는 뜻이야. 엄마의 진지에는 이제 규칙을 위반하지 않고 움직일 수 있는 말이 없어."

"우와, 그런 것도 있구나."

이 진을 만들어 낸 본인은 천연덕스럽게 말했다.

"이대로는 아무리 해도 이길 수 없으니까, 하다못해 엄마가 이길 수 없게 만들 순 없을까 해서."

"그렇구나. 비겼네~! 다음엔 이기면 좋겠다!"

엠마는 허물없이 말하지만 이자벨라와의 체스에서는 무승부를 이끌어 낸 것만으로도 충분하고도 남을 결과였다.

이자벨라는 엠마와 레이, 그리고 마지막 한 수를 둔 노먼을 번갈아 보고, 후훗 하고 작게 웃었다.

"셋 다 대단하구나."

마침 그때 "엄마~!" 하고 어린 안나와 냇이 우는 소리가 들렸다.

"장난감이 망가졌어~!"

"움직이질 않아요."

"어머, 어떻게 된 거지? 지금 갈게."

어린 아이들의 손에 이끌려 이자벨라는 자리를 떠났다. 노먼은 체스판을 내려다보는 레이의 얼굴을 들여다봤다.

"저기 레이, 셋이서 같이 하면 체스에 좀 더 강해질 것 같지

않아?"

"……."

레이는 체스 말을 가만히 들어올렸다.

이자벨라와의 체스는 혼자 싸워서 혼자 지는 것이라고 생각했다.

같이 싸워 줄 동료는 없다. 자신은 당당히 이 두 사람에게 '동료'라고 할 수 없는 것이다.

그러나 하다못해, 속이더라도, 배신하더라도 이 두 사람만은, 엠마와 노먼만은 지킬 수 있기를 빌었다.

'하지만….'

레이는 앞머리 사이로 노먼을 향해 엷게 웃었다.

"…그럴지도."

셋이서라면 언젠가 찾아올 진짜 싸움에서도 이길 수 있을 것이다.

톡 하고 체스판 위에 말을 내려놓았다.

"그때 일 기억나?"

노먼은 어린 시절의 추억을 다시 떠올렸다.

"응, 기억났어."

엠마는 즐거운 듯 끄덕였다. 침대 위에 앉아, 끌어안은 무릎에 웃는 얼굴을 얹었다.

"굉장해, 엄마를 상대로 무승부까지 갔으니까."

"…그렇게 많이 봐줬으니 그럴 만도 하지."

그때 이자벨라와 비길 수 있었던 것은 말의 수를 줄인 핸디 캡도 있었지만 이자벨라 본인이 방심했던 탓도 컸다. 아직 세 사람의 능력을 평가하는 중이었기 때문이다.

이제는 다르다.

갑자기 노먼이 입을 열었다.

"저기, 체스의 격언 알아?"

"격언?"

엠마는 고개를 갸웃하며 되물었다. 응, 하고 노먼은 끄덕이고 노래하듯 외었다.

"'서반은 교본처럼, 중반은 마술사처럼, 종반은 기계처럼' 그게 체스에서 승리하기 위한 격언이래."

노먼은 말을 움직였다.

"게임 서반에 요구되는 것은 지금까지 쌓은 지식과 지혜."

방대한 정보의 축적으로 이끌어 내는 최선의 수.

정석이라 불리는, 과거의 선인들이 만들어 낸 전략을 자기 것으로 만들어 간다.

"하지만 중간부터 그게 통하지 않게 되지."

중얼거리며 노먼은 혼자 교대로 말을 놓아 간다.

"중반에 접어들어 말이 뒤섞이면 그때 요구되는 것은 영감이

야. 아무도 떠올리지 못한 기발한 착상이지."

그때 활로를 만든 엠마의 한 수처럼.

상식을 뒤엎는, 상대를 놀라게 할 수 있는 발상의 전환.

"그렇게 싸우고 마지막에 적과 대치할 때 요구되는 것은."

노먼은 움직인 말로 체크메이트를 건다.

"기계처럼 완벽한 두뇌."

어떤 선택도 실수를 범하지 않도록.

하나 하나, 감정을 배제한 확실한 수를 두어 간다.

서반과 중반에서 만든 책략을 마지막에 모두 살려 왕을 찌른다.

"그중 하나만 있어도, 하나가 없어도 체스는 이길 수 없어."

노먼은 그렇게 말하고 엠마와 레이를 보며 웃었다.

"좋은 말이지?"

"응!"

"…그래, 그렇구나."

레이는 노먼이 말을 둔 체스판을 내려다보았다. 그때 '셋이서 하면 더 강해질 수 있다'는 그의 말이 레이의 가슴에 되살아났다. 그것이 얼마나 오늘까지 큰 격려가 되었던가. 레이의 옆얼굴을 보고 노먼은 훗 하고 눈을 가늘게 접었다.

그때 어린이방 문이 열렸다. 들어온 사람은 순찰을 돌던 이자벨라였다.

"얘들아. 곧 소등 시간이란다."

방에 들어온 이자벨라는 침대에 모인 세 사람에게 말을 걸었다.

"저기, 엄마."

엠마는 몸을 내밀어 도전하듯 개구진 웃음으로 이자벨라를 올려다보았다.

"엄마랑 체스를 두고 싶어요."

세 사람의 얼굴에 이자벨라는 약간 눈썹을 움직였지만 이내 부드럽게 웃었다.

"하는 수 없지, 한 판만이야?"

이자벨라는 침대에 살짝 걸터앉아 스커트 자락을 고치고 체스판에 말을 놓았다.

물론 이번에는 일절 봐주지 않고 양쪽 모두 16말씩.

늘어선 흑과 백의 말을 사이에 두고 이자벨라와 대치했다.

"자, 셋이 한꺼번에 덤비렴?"

엠마는 레이, 그리고 노먼과 시선을 나누고 첫 한 수를 두었다.

* * *

이야기를 다 듣고 엠마는 체스를 두는 자신을 상상했다. 그

보드게임이 어떤 것인지 떠올릴 수는 있지만 직접 한 기억은 사라졌다.

마주 앉은 여성의 모습은 상상 속에서 만들어 낸 윤곽밖에 없다.

"…내가 어떻게 모두와 체스를 뒀을까?"

엠마는 나직이 중얼거리고 쓸쓸히 웃었다. 형제들이 그 표정을 보고 뭔가 말을 걸려 했을 때 엠마는 고개를 번쩍 들고 크게 웃었다.

"또 모두랑 체스를 두고 싶어!"

그 말과 웃는 얼굴에 아이들 모두 덩달아 웃었다.

"물론이지."

"다음에 가져올게."

노먼과 레이가 그렇게 말하자 엠마는 기쁜 듯 끄덕였다.

"나도 레이도 노먼도 엄마를 이기긴 못했구나. 다른 아이들 중엔 누군가 엄마한테 이긴 적이 있어?"

체스를 더 잘 두는 형제가 있지 않았을까, 하는 생각에 무심히 던진 물음이었지만, 그것을 들은 형제들은 일제히 웃음을 터뜨렸다. 그 반응의 의미를 몰라 엠마는 어리둥절한 채, 웃고 있는 형제의 얼굴을 봤다.

"어? 어? 내가 뭔가 이상한 말을 했나?"

돈이 웃으며 대답했다.

"엠마와 레이와 노먼이 못 이기는 엄마를 우리가 어떻게 이겨."

당연하다는 듯한 말에 엠마의 눈이 동그래졌다.

"그런 거야?"

노먼과 레이를 돌아보지만 둘 다 어깨를 으쓱할 뿐이다. 돈은 말을 이었다.

"옛날부터 엠마네 삼총사는 특별했다고."

"매일 치르는 테스트도 셋은 늘 만점이었고."

냇이 자기 일처럼 자랑스레 이야기했다.

"와, 그랬구나."

테스트나 체스에서 이겼다고 해도 엠마는 감이 오지 않았다. 하지만 그렇게 말하는 형제들의 얼굴이 자랑스레 빛나는 것을 보니 어쩐지 행복한 기분이 들었다.

길다가 엠마를 보고 미소 지으며 일러 주었다.

"엠마네 셋이 있었기 때문에 우린 하우스에서 탈옥할 수 있었던 거야."

그 말에도 맏이들을 제외한 형제들은 마주 보며 끄덕였다.

"그래도."

엠마는 길다를, 이어서 돈을 보고 말했다.

"그건 너희가 있었기 때문 아닐까?"

"응?"

뜻하지 않은 말이 돌아와 길다는 안경 속에서 눈을 크게 떴다.

"길다도 돈도 굉장히 의젓하고 듬직한걸. 분명 그랬을 거야."

그 말을 들은 두 사람은 놀란 표정이었지만 다른 동생들은 웃으며 끄덕였다.

"응! 돈이랑 길다가 있었으니까."

"언제나 도와줬는걸!"

어떤 때에도 가장 활약하며 성과를 만들어 낸 사람은 맏이들인 풀 스코어 삼총사라고 생각했다. 돈은 쑥스러운 듯 얼굴을 붉혔다.

"으아, 이거 어째, 되게 기쁘네."

"정말 그렇게 보여?"

길다는 진지한 얼굴로 엠마에게 되물었다. 엠마는 몇 번 눈을 깜빡이더니 활짝 웃었다.

"물론이지!"

약속의 네버랜드
THE PROMISED
NEVERLAND

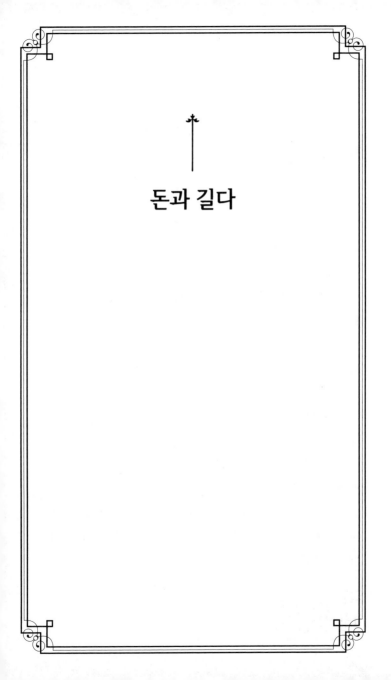

돈과 길다

잠시 엠마를 보던 길다의 눈이 안경 속에서 부드럽게 눈꼬리를 휘었다.

"…지금의 엠마에게 그렇게 보인다니 어쩐지 기쁘네."

지금까지 경험한 일을 모르는 엠마가 봐도 믿음직하게 느껴진다면….

"성장했다는 걸까, 우리도."

길다는 그리운 듯 10살 때를 떠올렸다.

하우스에서 진실을 처음 안 날부터 오늘까지 그저 필사적으로 달려왔다.

길다는 코니가 양부모를 찾아 떠난 날, 엠마와 노먼이 혼자 남아 있던 리틀 바니를 전해 주러 몰래 문에 다녀왔다는 것을 알고 있었다.

밤에 하우스 밖에 나가면 안 된다는 규칙이 있었지만 길다는 둘의 행동을 그다지 걱정하지 않았다.

누가 뭐래도 노먼과 엠마니까. 분명 금방 돌아와서 '코니한테 전해 줬어!' 하고 말해 줄 거라고 믿었다.

그러나 하우스로 돌아온 노먼과 엠마는 길다에게 '엄마에게 비밀로 해 달라'고 다짐했다. 길다는 끄덕였지만 두 사람에게 낯선 분위기를 느꼈다.

그다음 날부터였다. 엠마가 어딘지 모르게 이상하다고 생각한 것은.

가족들과 있을 때는 평소 같았지만 문득 혼자 있으면 생각에 잠겨 있는 엠마를 볼 수 있었다. 말을 걸어 보려 해도 자유 시간이 시작되면 어딘가로 가 버린다.

그런 불안을 가슴에 안고 있을 때, 엠마와 노먼이 알려 준 것은 '여기서 나간 형제들은 나쁜 사람에게 팔려 갔다'는 사실이었다.

길다는 그날 밤 도서실에서 있었던 일을 떠올리고 눈을 내리깔았다.

"그때, 처음에 엠마는 우리한테 사실대로 말해 주지 않았지."

"그랬었어?"

엠마는 뜻밖이라는 듯 그 말에 고개를 갸웃거렸다.

"아, 그때는….."

돈도 떠올리고 겸연쩍은 듯 웃었다. 레이와 노먼도 생각이 짧았던 자신들의 과거를 돌아보고 엷게 쓴웃음을 지었다.

"하지만 왜 내가 돈과 길다한테 사실대로 말하지 않았을까…?"

이상하다는 듯 중얼거리는 엠마에게 길다는 미소 지었다.

"상처를 주고 싶지 않았을 거야."

길다도 돈도 지금이라면 그때 엠마가 왜 그랬는지 알 수 있다.

'만약 내가 엠마였어도 말 못 했을 테니까….'

평화로운 집이라고 믿었던 하우스에서 갑자기 형제의 죽음이나 엄마의 배신을 가족에게 알려야 했으니까.

노먼이 눈을 감은 채 그때를 회상하며 끄덕였다.

"그래도 돈과 길다가 침착하게 들어 줬으니까 엠마는 다른 아이들에게도 알리기로 결심한 거야."

하얀 시트가 펄럭이는 하우스 마당에서 비밀을 밝히던 엠마의 얼굴을 노먼은 기억하고 있다.

'내 나름대로 생각한 거야.'

엠마가 그렇게 말하며 들려준 '전원을 데리고 나갈 방법'. 그것은 다른 아이들에게도 진실을 알리겠다는 뜻이었다.

"지키기만 하는 게 아니라 모두를 믿자고…."

주위 사람을 믿고 의지하는 것은 때로 지키기만 하는 것보다 어렵다. 노먼은 그 감각을 얼굴이 화끈거릴 정도로 잘 알았다. 그래서 그때 엠마의 선택은 더욱 눈부시게 느껴졌다.

돈과 길다는 그 시절을 떠올리고 쓴웃음을 지었다.

"뭐… 하우스에 있을 때 우린 엠마처럼 이것저것 잘하진 못했으니까."

"지금 생각하면 확실히 짐이었을 것 같아."

"그렇지 않아!"

부정하는 말은 노먼도 레이도, 다른 형제자매도 아닌 엠마의 입에서 맨 먼저 튀어나왔다.

모두 깜짝 놀라 엠마를 봤다.

엠마도 알아차리고 얼른 덧붙였다.

"아… 저기, 내 생각에… 그렇다고."

무심코 끼어들어 말했지만 기억도 없는 자신이 말하는 것도 이상했기 때문에 엠마는 말꼬리를 흐렸다. 그것을 보고 길다는 빙그레 웃었다.

"고마워, 엠마."

주위에 앉은 아이들이 엠마의 말을 잇듯이 입을 열었다.

"셸터에 있을 때도 돈과 길다는 굉장히 믿음직했어."

"귀신을 해치운 것도 멋있었고!"

알리시아와 마르크의 말에 돈은 머리를 긁으며 쓰게 웃었다.

"하하, 그건 해치운 게 아니라 운 좋게 쫓아 버렸을 뿐이야."

"와, 그 이야긴 나도 처음 듣는걸. 그런 일이 있었어?"

노먼은 고개를 갸웃거리며 물었다.

"어? 얘기한 적 없었나? 엠마와 레이가 골디 펀드에 갔을 동안인데."

"나와 돈이 사냥을 나갔다가 숲에서 야생 귀신에게 쫓겨…."

길다는 기억을 더듬어 그때의 일을 이야기했다.

* * *

돈과 길다는 아침 일찍부터 배낭에 필요한 장비를 챙겼다. 물통과 비상식량, 나이프와 로프 등을 차곡차곡 넣었다.

마지막으로 활시위가 탄탄히 매겨졌는지 확인하고 화살과 함께 들었다.

"좋아, 갈까!"

"응."

아침 설거지를 거들던 어린 아이들이 돈과 길다에게 달려왔다.

"벌써 사냥하러 가?"

"오늘은 일찍 출발하네."

이베트와 도미니크가 어제 출발 시각을 기억하고 있었는지 돈과 길다를 올려다보며 말했다. 돈은 배낭을 등에 지자 끄덕였다.

"어. 오늘은 꼭 커다란 놈으로 잡아 올게!"

용감하게 활을 치켜드는 돈에게 동생들은 웃는 얼굴로 대답했다.

"응! 그래도 조심해야 돼."

"위험한 짓 하지 말고."

길다는 상냥한 동생들에게 웃어 주었다. 역시 배낭을 지고

활과 화살을 챙겼다.

"괜찮아. 고마워."

그렇게 대답하고 돈과 눈을 마주쳤다.

돈 역시 긴장된 표정으로 마주 끄덕였다.

사다리를 올라 셸터 해치를 열고 밖으로 나갔다. 사방에 펼쳐진 황야가 눈앞에 나타났다.

"위험한 짓은 못 하지만… 그래도 오늘은 꼭 뭔가 잡아 가야 하는데."

"응… 그래."

차가운 바람이 두 사람의 코트를 흔들었다. 돈과 길다는 생물의 기척이 없는 대지를 둘러보았다.

어제도 그제도 사냥을 나갔던 두 사람은 변변한 성과를 거두지 못했다.

돈과 길다, 그리고 다른 형제들은 하우스를 탈옥해 윌리엄 미네르바가 남긴 단서 B06-32의 좌표를 따라 이 셸터로 찾아왔다.

셸터에 미네르바는 없었고, 대신 13년 전의 탈주자인 수수께끼의 '아저씨'가 진을 치고 있었다. 적인지 아군인지 알 수 없는 그 인물과 함께 새로운 좌표의 단서를 의지해 엠마와 레이는 이 셸터를 떠났다.

그로부터 3일이 지났다.

셸터는 생활하기에 부족함이 없는 시설이었지만 식량 조달을 위해 어쩔 수 없이 밖으로 나갈 필요가 있었다. 셸터의 식량 창고에는 비축분이 거의 없고, 하우스에서 가져온 보존식은 앞날을 위해 최대한 남겨 두어야 했다. 밖에서 새나 짐승을 사냥하면 오래 보존할 수 있는 통조림 고기 등을 아낄 수 있다.

그러나 밖으로 나가면 당연히 사나운 야생 귀신이나 농원의 추적자를 만날 위험이 있었다. 들키지 않도록 주의를 기울이며 돈과 길다는 맏이들이 없는 동안 동생들을 지키고 있었다.

첫날은 셸터 바로 옆에서 돈이 새를 잡았다. 엠마에게 사냥하는 방법을 배운 돈은 이만한 자기들끼리 사냥을 나갈 수 있겠다며 보람을 느꼈다.

그러나 다음 날부터 사냥감의 모습이 통 보이지 않았다. 도마뱀이나 뱀, 쥐 같은 생물은 잡을 수 있었다. 그러나 작은 동물 몇 마리는 형제들 모두 나누면 한 사람 몫은 아주 조금밖에 되지 않았다. 어떻게든 큰 새를 잡고 싶었지만 새는 오늘도 하늘 높이 날아가는 그림자밖에 볼 수 없었다.

"역시 셸터 주변에서만 사냥하기는 어렵겠어."

길다는 주위를 둘러보며 후 하고 숨을 내쉬었다.

셸터는 생물이 거의 다가오지 않는 황야 중심부에 있다. 때문에 야생 귀신의 서식 지대와 거리를 둘 수 있지만 사냥할 수 있는 동물 역시 얼마 되지 않는다.

"그렇구나…."

돈은 셸터에서 기다리는 동생들의 얼굴을 떠올렸다.

'엠마와 레이가 없는 동안 그 녀석들이 의지할 사람은 우리
뿐이니까.'

낙담만 하고 있을 때가 아니다. 돈은 마음을 굳게 먹었다.

"좋아, 오늘은 숲 근처까지 가 보자."

돈의 제안에 길다도 반대하지 않았다. 출발하기 전부터 의논
했던 일이었다. 때문에 오늘은 일찍부터 사냥에 나선 것이다.

"그래. 나무 열매도 구할 수 있고, 주의 깊게 경계하면서 숲
가까이로 가 보자."

방향을 확인하고 돈과 길다는 숲이 펼쳐진 방향으로 장소를
옮겨 갔다.

셸터 주변은 지면이 약간 솟아 있는 정도일 뿐 평탄한 지형
이다. 나무나 풀도 적다.

얼마 동안 걸으니 주위의 경치가 조금 달라지기 시작했다.
두 사람은 바위 언덕으로 나왔다. 좀 전까지 평탄하던 지면에
는 여기저기에 큰 바위가 겹겹이 솟아 있다. 이곳을 지나면 숲
가장자리에 도착한다. 벌써 풀이나 여윈 관목의 초록빛이 듬성
듬성 보이기 시작한다. 걷고 있던 길다가 뭔가를 알아차리고,
그들이 가는 방향 앞쪽을 가리켰다.

"돈, 저기 좀 봐."

큰 새 떼가 바위 언덕에 홀로 우뚝 선 큰 나무 위에서 쉬고 있었다.

"우와, 굉장하다!"

돈은 화살을 매기고 그중 한 마리를 조준했다.

'맞아라….'

숨을 모두 내쉬고, 손가락이 떨리지 않도록 조심하며 활을 쐈다. 똑바로 날아간 화살은 노린 새를 꿰뚫는 데 성공했다. 주위의 새가 놀라 날아올랐다.

"아자!"

아직 온기가 남은 새에게 돈은 정성껏 '그프나'를 하고 주머니에 넣었다. 기도와 피 빼기를 겸하는 이 행위를 큰 사냥감에 하는 것은 오랜만이다.

"다행이다…."

"지금까지 잡은 새 중에서 제일 큰 것 같아!"

사냥감을 얻어서 길다와 돈 사이에 안도하는 공기가 번졌다. 이대로 엠마나 레이가 돌아올 때까지 한 마리도 못 잡으면 어쩌나, 둘 다 입 밖으로 꺼내지는 않았지만 마음속으로는 걱정했던 것이다.

길다는 주위를 둘러보고 중얼거렸다.

"이 근처에는 역시 사냥감이 꽤 있나 봐."

"그러게. 아까 그 새 떼도 멀리까지 가지는 않을 거야."

돈은 사냥감을 넣은 주머니를 둘러멨다. 그 무게가 마음을 들뜨게 했다.

"좋아. 오늘은 많이 잡아서 돌아가자!"

돈은 힘찬 발걸음으로 길다와 함께 숲 쪽으로 조금 더 걸어 갔다.

두 사람이 떠난 바위 언덕은 쥐 죽은 듯 조용해졌다. 작은 곤충이 바위 위를 지나가다 무슨 기척을 느꼈는지 날아올랐다.

바위 그늘에서 스르르… 하고 검은 그림자가 기어 나왔다.

도마뱀처럼 생긴 야생 귀신이, 의태하고 있던 바위 그늘에서 모습을 드러냈다. 귀신은 새의 그프나 의식을 한 자리의 냄새를 맡았다. 거기 남은 피 냄새와 희미하게 남은 인간 냄새를 맡았다.

"그어…."

쩍 벌린 입 속, 주르르 늘어선 이빨 사이로 타액이 실처럼 늘어진다.

야생 귀신은 그 '먹이' 냄새를 따라 움직이기 시작했다.

초록이 점점 늘어나니 덤불이나 나무 구멍에서 생물의 모습이 눈에 띄었다.

돈은 숲속에서 좀 전의 새 떼를 다시 발견하고 길다와 함께 한 마리씩 잡는 데 성공했다.

"우와! 세 마리나 돼! 이만하면 가공해서 보존할 수도 있겠다!"

"응. 조금이지만 나무 열매나 약초도 구했고."

길다는 헝겊에 싼 나무 열매 수를 헤아린다. 무지카가 가르쳐 준 식용 열매다. 작지만 진한 단맛이 있다. 동생들이 기뻐하는 얼굴이 길다의 눈에 선했다. 황야에서는 볼 수 없는 귀한 약초도 손에 넣었다.

해의 위치가 서쪽으로 기울어졌다. 길다는 돈에게 말을 걸었다.

"이제 돌아가야겠어."

"그래."

이만한 새가 세 마리나 있으니 온 가족이 충분히 나누어 먹을 수 있다. 오늘 저녁 식탁은 여느 때보다 아낌없이 사치를 부릴 수 있을지도 모른다. 그런 이야기를 나누며 둘은 귀로에 올랐다.

나무들이 띄엄띄엄해지는 숲 언저리까지 돌아왔다. 셸터의 위치를 나침반으로 확인하면서 돈과 길다는 걸음을 옮겼다.

"······."

걸으면서 길다는 문득 소리가 들린 느낌이 들어 뒤를 돌아봤다.

저녁나절의 숲속, 나뭇가지와 잎사귀 사이로 햇빛이 비스듬하게 비친다. 사냥을 하러 온 것이 아니라면 느긋하게 산책이라도 하고 싶을 만큼 싱그러운 숲의 풍경이다.

하지만 뭔가 이상하다고 생각했다. 그 이유를 알 수 없어, 길다는 꺼림칙한 가운데 다시 앞을 향해 걸어갔다.

그러나 몇 걸음 가지 않아 다시 뒤를 돌아봤다. 이번에는 발을 멈추고 물끄러미 바라봤다.

"응? 길다, 무슨 일 있어?"

앞에서 걷던 돈이 걸음을 멈춘 길다를 돌아봤다.

"…저기 돈… 아까부터 뭔가…."

길다는 뒤쪽의 숲을 응시했다. 숲속은 조용하다. 움직이는 것은 없다. 거기까지 생각했을 때 길다는 깨달았다.

너무 조용하다.

아까부터 끊임없이 들리던 새들의 지저귐이 그쳤다. 여기저기서 느껴지던 생물의 기척이 자취도 없다. 눈앞의 숲은 바람에 흔들리는 초목만 아니면 마치 갑자기 그림으로 변해 버린 듯 으스스한 침묵에 잠겨 있었다.

그 안에서 희미하게 소리가 움직였다.

스슥… 하고.

'뭐지…?'

길다는 미간을 모으고 나무와 풀숲을 응시했다. 아무것도 보이지 않는다. 소리도 그쳤다.

역시 기분 탓이었을까 생각했을 때, 잎새 빛과 그늘로 얼룩덜룩한 풀숲속에서 눈알이 희번득 움직였다.

"!!"

둘은 동시에 숨을 삼켰다. 알아차린 순간 덤불 속에 숨어 있던 도마뱀 같은 모습의 귀신도 뛰쳐나왔다.

"뛰어!!"

숲속을 헤치고 돈과 길다는 달렸다. 돈이 등 뒤의 길다를 돌아보고, 그 너머로 보이는 귀신의 모습에 얼굴을 굳혔다.

'큰일 났다…!'

만나지 않는 것이 대전제여야 하는데.

밖에서 귀신에게 들켜 버렸다.

송쥬 일행을 만나기 전, 숲에서 거대한 야생 귀신에게 쫓긴 기억이 되살아났다. 지금 쫓아오는 개체는 썩 대형은 아니지만 자신들을 덮쳐 포식하기에는 충분한 사이즈다.

돈과 길다는 도망칠 곳을 찾아 달렸다. 황야로 나가면 이번에는 숨을 곳이 없어져 버린다. 그러나 귀신은 확실하게 거리를 좁혀온다. 따라잡히는 것은 시간문제다.

'뭔가로 발을 묶어야 해…!'

돈은 갖고 있던 주머니에 손을 넣었다. 안에 들어 있던 사냥감 하나를 꺼내 잠시 머뭇거리고 분한 듯 외쳤다.

"아, 제기랄!"

잡았던 큰 새를 돈은 귀신에게 던졌다.

귀신이 눈앞에 떨어진 고기를 먹는 동안 돈과 길다는 거리를 벌렸다. 길다는 시야에 들어온 쓰러진 큰 나무를 가리켰다.

"돈, 저기!"

예상대로 썩은 나무는 속이 텅 비어 있었다. 돈과 길다는 그 속에 몸을 숨겼다. 발을 멈춘 순간 땀이 비 오듯 쏟아졌다. 길다는 폐가 아플 정도로 가쁜 호흡을 필사적으로 가다듬었다. 역시 가슴을 누르며 돈은 주위를 살폈다.

"뿌리쳤나…?"

발소리는 들리지 않았다. 그 새 한 마리로 단념해 주기를 돈은 마음속으로 빌었다. 길다는 심장 고동이 잦아들면서 냉정함을 되찾았다. 지금 자기들의 상황을 확인했다.

"바람이 이쪽으로 불어… 냄새가 닿진 않을 거야."

나무 사이로 들어오는 약간의 공기로 바람 방향을 추측했다. 그리고 지금 달려온 거리와 각도를 길다는 머릿속의 지도와 대조했다. 숲 가장자리를 따라 달렸으므로 셸터에서 멀어진 것은 아니다.

"이대로 곧장 황야로 나가는 게 좋지 않을까?"

숲에서 멀어지면 귀신도 자기 영역이 아닌 황야까지 쫓아오지는 않으리라. 먹이에 정신이 팔려 있을 동안 그들의 서식범

위에서 벗어나는 것이 안전하다고 판단했다.

"그렇구나… 이 틈에."

돈이 말하면서 나무 속에서 나가려 할 때였다.

스슥… 하고, 바람이 나뭇잎을 스치는 것과는 명백히 다른 소리가 들렸다. 묵직한 것이 지면을 스치는 소리. 동시에 비릿한 냄새가 떠돌았다.

돈은 숨을 죽이고 움직임을 멈췄다. 길다와 눈이 맞았다.

아까 그 귀신이었다.

"그, 어어…."

낮게 으르렁 소리를 내며 야생 귀신이 지면의 냄새를 맡았다. 거친 숨소리가 들렸다. 지면을 기어 다니는 발소리는 확실히 자신들 쪽으로 다가오고 있었다.

"…여기 있어도 들키겠어…."

"…더 가까이 오기 전에."

돈과 길다는 목소리를 낮춰 의견을 나누고 천천히, 소리 나지 않도록 쓰러진 나무 그늘에서 이동했다.

귀신은 이제 나무 반대쪽까지 와 있었다. 그 시야에 들어가지 않도록, 소리가 들리지 않도록 신중하게 이동했다. 숲속은 풀이나 모래나 자갈 등 소리가 날 것이 많다. 얼른 거리를 벌리고 싶은 조바심을 누르고 조금씩 귀신에게서 멀어졌다.

도마뱀 같은 그 귀신은 몇 번이나 집요하게 지면의 냄새를

맡은 후 고개를 쳐들었다. 가느다란 혓바닥을 움직여 공중의 냄새까지 확인했다.

'…여기까지 오면….'

돈과 길다는 숨을 죽이고 걸음을 옮겼다. 조금씩이지만 귀신과의 거리는 멀어져 갔다.

이대로면 들키지 않고 황야까지 갈 수 있다. 그렇게 두 사람이 생각했을 때 바람 방향이 바뀌었다.

심술궂은 바람이 귀신 쪽으로 인간의 냄새를 실어갔다.

그것을 알아차린 귀신은 재빨리 두 사람이 있는 쪽으로 고개를 돌렸다. 그리고 포효하더니 썩은 나무등치 위로 뛰어올랐다.

"그아아!"

그 무수한 눈이 두 사람의 모습을 똑똑히 인식했다.

힉 하고 숨을 삼키고 돈과 길다는 뛰었다. 이대로 황야까지 가기는 불가능하다. 돈은 아까 지나온 장소의 기억을 끌어냈다.

"그 바위 언덕! 처음에 새를 잡은 그 바위 언덕까지 가자!"

길다도 이내 어디인지 깨달았다. 그 바위 언덕에는 바위와 바위 사이에 자신들이 숨을 만한 공간이 여러 군데 있었다.

달려가자 새가 앉아 있던 큰 나무가 보인다. 그 부근에 바위로 에워싸인 작은 틈이 있다.

"저기라면!"

"응!"

등 뒤에는 이미 귀신의 그림자가 닥쳐왔다. 돈과 길다는 그 틈새로 미끄러져 들어갔다.

"크아아!!"

모래 먼지를 날리며 귀신의 발톱이, 방금 전까지 자기들이 있던 구멍 입구를 할퀴었다.

"헉… 헉…."

두 사람은 반쯤 땅에 파묻혀, 동굴처럼 생긴 바위틈에서 숨을 가다듬었다. 몸을 잔뜩 수그려야 했지만 생각보다 안은 넓었다.

"이제, 어떡하지…."

길다의 목소리가 떨렸다.

바위틈에서 날카로운 발톱이 연신 지면을 긁는 것이 보였다.

이 야생 귀신은 지능은 썩 높지 않고 크기도 거대하다고 할 수는 없지만 무서우리만치 냄새에 민감하다. 한번 인간 냄새를 맡으니 끈질기게 뒤를 쫓아왔다.

"…이대로 우리가 셸터로 돌아가면."

길다가 무슨 생각을 하는지 돈도 이해했다.

여기서 이 귀신을 뿌리치지 못하면 셸터까지 따라올 위험이 있다.

귀신은 황야까지 오지 않는다지만, 자칫 끌어들이게 될 가능성이 없다고는 할 수 없다. 돈은 끄덕이고 낮은 소리로 속삭였다.

"동생들을 위험하게 하는 것만은 피해야지···. 게다가 황야로 나가면 숨을 만한 곳도 없고."

그런 곳에서 귀신에게 쫓기면 순식간에 끝나고 말 것이다.

귀신의 눈이 틈새를 들여다봤다. 그 커다란 입에서 침이 뚝뚝 떨어져 땅에 흥건히 고였다. 발톱이 닳는 것도 개의치 않고 야생 귀신은 어떻게 해서든 바위틈에 있는 먹잇감을 잡으려고 집요하게 발을 휘저었다.

"······."

돈도 길다도 숨을 죽인 채 그 모습을 지켜보았다. 귀신을 뿌리치기보다, 여기서 자기들이 무사히 빠져나갈 수 있을지도 알 수 없다.

'만약 우리가 여기서···.'

'둘 다 이 귀신에게 잡아먹힌다면···.'

셸터에서 기다리는 형제들을 생각하고 두 사람의 얼굴이 굳어졌다. 엠마와 레이가 없는 지금, 가장 맏이인 자기들이 둘 다 없어지는 사태는 어떻게 해서든 피해야 한다.

길다는 바위와 바위가 겹쳐진 그 틈 안을 손으로 더듬어 확인했다. 그리고 안쪽에 좀 더 들어갈 수 있는 공간이 있다는 것을 발견했다.

"저기 돈, 이 바위틈이 안쪽까지 이어져 있나 봐."

길다는 바위 안쪽으로 몸을 비틀어 들어갔다. 들여다보니 틈은 더 안쪽까지 이어져 있고, 틈새 모양대로 도려낸 듯한 바깥 풍경이 보였다.

"귀신이 들어올 수 있을까?"

"아니. 아마… 내가 아슬아슬하게 빠져나갈 정도 같아."

길다는 바위 사이를 기어가 그 틈새의 폭을 확인했다.

돈은 새로 발견한 구멍과 그들이 들어온 자리를 배회하는 귀신의 크기를 어림해 보고, 들고 있던 사냥감 주머니를 길다에게 던졌다.

"…그럼 내가 귀신의 주의를 끌게. 길다는 그 사이에 도망가."

말이 끝나기 무섭게 길다는 단호한 어조로 되받았다.

"돈은 어떻게 도망가려고 그래? 미끼가 되겠다는 말은 하지도 마."

진지한 길다의 시선 앞에서 돈은 손을 들었다. 그리고 자기 잘못을 바로 인정했다.

"미안, 알았어… 하지만 그럼 어떻게 도망가지?"

밖에서는 귀신이 으르렁대는 소리와 돌아다니는 소리가 끊임없이 들렸다. 확실히 한쪽이 미끼가 되면 나머지 한 사람은 셸터까지 도망칠 수 있을지도 모른다. 그러나 아무리 확실한

방법이라 해도 둘 다 그것은 선택하고 싶지 않았다. 그것이 가족을 버리지 않고 하우스를 탈옥한 자신들의 신념이다.

"뭔가 방법을 생각하자."

"그래, 그러자."

돈은 동의했다. 그 말을 한 길다도 분명 같은 생각을 하고 있으리라.

엠마라면 분명히 그렇게 말했을 거라고.

더는 손 쓸 방법이 없어 보이는 궁지에서도 생각하기를 그만두지 않았다.

두 사람은 등에 진 배낭에서 소지품을 꺼내 확인했다.

"화살은 여섯 대씩. 나이프와… 음, 그밖에는 무기로 쓸 만한 게 없군."

"물과 비상식량, 로프와 나침반, 회중전등, 응급 처치용 도구…."

그것만으로는 도저히 괴물과 싸울 수 있을 것 같지 않다. 화살을 쏘면 다소 주춤하게 할지는 모르지만 치명상을 입히기는 어려울 것이다. 나이프는 간격이 너무 짧다.

돈과 길다는 서로 몇 가지 의견을 냈지만 모두 현실적으로 보이지 않았다. 이건 좋은 방법이 아니라는 것은 알지만 정작 '정답'이 나오지 않았다.

'이럴 때 엠마나 레이라면….'

엠마나 레이, 노먼이라면 깜짝 놀랄 지혜와 재치로 위기를 벗어날 텐데. 하우스에서 탈옥 계획을 짜던 시간이 돈과 길다 안을 헤치고 지나간다. 아니, 그 전부터 그 세 사람은 특별했다.

비교해 봐야 소용없을 정도로 엠마와 레이와 노먼 세 사람은 압도적으로 뛰어났다.

하지만 그날은 정말이지 분했다.

하우스의 진실을 모른 채 보호받고 있었다는 것이.

자신들은 도움이 될 만한 힘이 없다는 사실이.

그래서 오늘까지 필사적으로 배웠다. 험난한 조건 속에서 어떻게 성공을 이끌어 낼 것인가. 장벽처럼 보이는 것을 역으로 이용하는 방법. 모두 앞에서 걸어가는 그 세 사람이 가르쳐 준 것이다.

늘어놓은 소지품을 보고 생각에 잠겼던 길다는 중얼거렸다.

"역시… 도망치려면 미끼가 필요해…."

"뭐어?!"

아까 한 것과 정반대되는 말을 입에 올리는 길다를 돈은 놀라서 바라봤다. 길다는 고개를 들고 속삭였다.

"저기 돈, 내가 생각해 봤는데."

길다는 자기 작전을 돈에게 알렸다. 어둠 속에서 길다는 불안한 듯 미간에 주름을 잡았다.

"할 수 있을까?"

"모르겠어… 그래도….”

돈은 윗옷을 벗고 싱긋 웃었다.

"한번 해 보자!"

어느덧 해가 기울어 바위틈으로 비치는 빛이 저녁놀 색을 띠기 시작했다.

길다는 바위굴 안쪽, 밖으로 이어지는 틈새에 아슬아슬하게 다가갔다. 품에는 헝겊 덩어리를 끌어안고 있었다.

반대쪽에서 돈이 말을 걸었다.

"준비 됐어?"

"응.”

길다가 대답하자 돈은 숨을 들이마셨다. 그리고 바위틈에다 큰 소리를 질렀다.

"이쪽이다! 이리 와!"

외치면서 바위틈으로 로프를 내밀어 흔들었다. 귀신은 짖어대며 틈새로 발톱을 마구 쑤셔 넣었다.

"하하! 술래야 이쪽이다!"

돈은 들뜨는 목소리를 다잡아 다시 외쳤다. 돈이 귀신의 주의를 끄는 사이에 길다는 헝겊 꾸러미 같은 것을 안고 소리 나지 않도록 반대쪽 구멍을 통해 밖으로 기어 나갔다.

"크아악!!"

바로 가까이에서 귀신이 사납게 으르렁대고 있었다. 바위를 부숴 버릴 듯한 발톱의 충격이 지면을 타고 느껴질 정도였다.

안전한 굴속으로 돌아가고 싶은 몸을 채찍질하며 길다는 달렸다. 그리고 바로 옆에 서 있는 나무에, 돌을 묶은 로프를 던져 올렸다. 로프의 다른 쪽 끝에는 헝겊 꾸러미를 동여매 놓았다. 로프가 가지에 걸리자 길다는 꾸러미를 땅에 내려놓은 후, 돌을 묶은 쪽을 쥐고 바위 뒤로 숨었다. 높은 가지에 걸린 로프가 지면에 놓인 꾸러미와 바위 뒤에 숨은 길다를 연결했다.

'제발… 잘 되기를….'

그 로프를 길다는 서서히 잡아당겼다.

땅에 놓아둔 헝겊 꾸러미가 로프에 끌려 흔들거리며 올라갔다.

그것은 돈이 입었던 코트였다. 안에 아까 잡은 새를 넣어 고기 냄새가 나도록 만든 '미끼'였다.

옷이 완전히 올라가자 허수아비처럼 흡사 사람이 서 있는 듯 보였다. 길다는 그 로프를 몇 번 툭툭 잡아당겼다.

지면 위에서 코트가 흔들흔들 움직였다. 그 움직임과 떠도는 피와 생고기 냄새, 그리고 거기 섞인 인간의 냄새에 야생 귀신은 코끝을 치켜들었다.

"그, 그으…."

길다는 떨리는 목소리를 쥐어짰냈다.

"이쪽이야!!"

그 소리에 야생 귀신은 움직이는 사람 그림자에 덤벼들었다.

길다는 로프를 쥔 채 뛰기 시작했다. 귀신은 길다가 아닌 미끼, 돈의 코트를 따라 슬금슬금 나무를 기어 올라갔다.

'걸렸다…!'

길다는 로프가 끝까지 당겨지자 춧돌을 그 자리에 팽개치고 다시 달렸다. 높은 가지 위에 걸린 미끼만 남았다. 길다는 달리면서 마음속으로 빌었다.

'할 수 있는 일은 얼마 없지만….'

그때 돈은 바위틈에서 나오고 있었다. 길다가 도망친 방향으로 바위를 우회하여 뛰어갔다. 이 작전이 실패하면 이제 자기 발만을 믿어야 한다. 가쁘게 숨을 쉬며 돈은 있는 힘을 다해 바위 언덕을 달렸다.

바위를 뛰어넘는 두 사람의 머릿속에, 어떤 때라도 믿음직한 엠마, 레이, 그리고 노먼의 모습이 스쳐갔다.

한 살 위인 형제들은 언제나 적절한 지시를 내리고 가족을 구했다.

'그 셋처럼 멋지지는 않을지 몰라도….'

돈과 길다는 마음속으로 외쳤다.

'나도 그렇게 되고 싶어!!'

귀신은 나뭇가지에 걸린 미끼에 거대한 입을 벌리고 덤벼들었다.

그 포효 소리가 노을 속에 울려 퍼진다.

"그아아아!"

'성공이다!!'

돈과 길다는 달려가면서 뒤를 돌아보았다.

미끼를 물어뜯는 귀신의 입에서는 피가 철철 흐르고 있었다. 미끼 속에는 나이프를 넣어 두었다. 날이 밖으로 나오도록 붕대로 단단히 감아, 귀신이 입에 넣으면 찔리도록 해 둔 것이다.

고기를 물어뜯을 때마다 속에 든 나이프가 귀신의 입 안을 찌르고 베었다. 이윽고 나이프가 위턱을 뚫어, 야생 귀신은 버둥거리며 절규했다.

"아악!!"

입에서 피를 뿜으며 귀신은 나무에서 떨어졌다.

그 사이에 돈과 길다는 황야를 향해 정신없이 달렸다.

이미 해는 지고 주위는 어두워졌다.

"헉, 헉…."

숨을 헐떡이며 돈과 길다는 황야 중심부까지 다다랐다.

셸터 입구가 보이기 시작하자 두 사람은 안도한 나머지 그 자리에 주저앉을 뻔했다. 여기를 떠난 것이 벌써 며칠 전의 일처럼 느껴졌다.

"후아."

안에 들어가 해치를 단단히 닫고, 돈과 길다는 크게 숨을 내쉬었다. 안전한 장소로 돌아온 것이다. 그렇게 생각한 순간 긴장이 풀려 눈물이 날 것만 같았다. 그러나 통로를 달려온 동생들의 모습을 보고 두 사람은 간신히 눈물을 거뒀다.

"돈! 길다!!"

달려온 동생들의 얼굴이 오히려 눈물로 범벅이 되어 있었다.

"으앙, 돌아왔다!"

"어서 와!!"

"괜찮아?!"

제미마와 마르크 등 어린 아이들이 일제히 두 사람을 끌어안았다.

"미안, 걱정시켜서."

"미안해 얘들아."

돈은 동생들의 머리를 쓰다듬었다. 길다도 울며 매달리는 아이들의 등을 쓰다듬어 주었다.

냇이, 코트도 안 입은 돈과 흙먼지를 뒤집어쓴 길다를 번갈아 봤다.

"해가 져도 안 돌아와서 걱정했어."

"하하… 그게 말이지."

돈과 길다는 사냥감이 잡히지 않아 숲 가장자리까지 갔던 일, 거기서 야생 귀신에게 들켜 격퇴하면서 간신히 셸터까지 돌아왔던 일을 이야기했다.

"뭐어어?! 귀신을 만났어?!"

"괘, 괘, 괜찮았어?!"

토마와 라니온이 소리쳤다. 다른 형제들 모두 경악으로 굳어졌다.

"하하… 도중에 이제 틀렸나 했지만 간신히 돌아왔지."

겸연쩍은 듯 돈이 웃고, 길다도 걱정스런 얼굴로 끄덕였다.

"빈틈을 노려 도망쳐 오긴 했지만 앞으로는 사냥할 때 그 지대는 조심해야겠어…."

지금 자기들에게는 귀신을 피해 도망칠 틈을 만드는 것만도 벅차다.

놀란 얼굴의 동생들은 다시 한번 돈과 길다를 꼭 끌어안았다.

"돈도 길다도 무사해서 진짜 다행이야."

"엠마도 레이도 없는데… 돈과 길다까지 안 돌아오면 어떡하나 했어."

형제들의 말을 듣고 돈과 길다는 다시 한번 다치지 않고 돌아온 것에 감사했다.

셸터에 남은 형제들을 위해 사냥을 하고, 귀신이 가까이 오지 못하도록 싸웠지만, 지키려 했던 형제들은 오직 그들이 무사한지만을 걱정해 주었다. 형제들의 성격을 생각하면 당연하

다.

"고마워."

맏이들에 비하면 못 미더운 둘째 형과 누나일지 모른다.

그래도 잘 따라 주는 동생들을 보니 돈과 길다의 가슴속에 따뜻한 것이 번져 간다.

"정말 미안해, 걱정시켜서."

로시가 눈물을 훔치고, 알리시아가 다시 웃음을 되찾았다. 안나가 천천히 고개를 저었다.

"아니야. 둘이 무사하면 그걸로 됐어."

식당으로 가는 동안에도 아이들은 돈과 길다의 손을 잡고 떠들썩하게 말을 주고받았다.

"둘이서 귀신을 피해 도망쳐 온 게 굉장해!"

"숲에서 쫓아왔던 귀신보다 컸어?"

"아니, 그보다는 훨씬 작지만… 아!"

그때 돈은 생각났는지, 한손에 들고 있던 주머니를 들어올렸다. 그리고 어깨를 축 떨구었다.

"사실은… 애써 잡은 새를 귀신한테서 도망치려고 미끼로 써버렸어…. 결국 한 마리밖에 안 남았네…."

세 마리나 잡았는데, 하고 돈은 아쉬운 듯 푸념을 했다. 길다도 따라 어깨를 떨구었다.

"그러게. 오늘은 꼭 사냥에 성공하려고 했는데…."

면목 없다는 듯 돈과 길다는 이야기했다. 그 모습을 보던 형제들은 잠시 어리둥절했다가 소리 내어 웃었다.

"둘이 무사하면 된 거지!"

"한 마리면 충분해!"

"돈과 길다가 목숨을 걸고 구해 온 음식인걸!"

"소중히 먹어야지."

그 대답에 돈과 길다는 눈을 동그랗게 떴다.

"어…."

지금까지 하우스에 있을 때는 매일 맛있는 식사가 반드시 나왔다. 그러다 하루아침에 보존식과 사냥, 채집해서 얻은 식량으로 살아가야 하는 생활로 바뀌어 버렸다.

어린 동생들이 불평불만을 말해도 이상하지 않을 텐데, 지금까지 아무도 칭얼거리거나 음식 투정으로 곤란하게 한 적은 없었다.

모두 어린 마음에도 언니 오빠가 식량을 구하는 것이 쉽지 않음을 잘 알고 있었다.

"응… 고마워, 모두들."

길다는 동생들에게 미소 지었다. 돈 역시 쑥스러운 듯 코를 긁었다.

그날 밤은 새 고기로 따뜻한 수프를 만들어 늦은 저녁을 먹었다. 새 한 마리는 가족들 모두 나눠 먹을 만큼 충분한 양이

라고 하기 어려웠지만 테이블에는 웃음이 넘쳤다. 대신 달콤한 나무 열매를 식후의 간식으로 먹으며 다 같이 작은 사치를 누렸다.

맏이인 엠마와 레이의 부재는 모두의 가슴에 불안한 그림자를 드리웠다.

두 사람이 무사히 돌아올 수 있을까. 그동안 자기들은 뭘 할수 있을까. 돈과 길다가 중압감을 느끼는 것만큼 어린 동생들역시 응석만 부려서는 안 된다는 자각을 하고 있었다.

비록 크게 돕거나 지키지는 못하더라도.

서로 돕는 것은 분명 이 자리에 있는 모두가 가장 잘하는 일이다.

만약을 위해 그날 밤 돈과 길다는 교대로 모니터를 감시하기로 했지만, 그 귀신이 그들을 쫓아 이 셸터까지 오지는 않았다.

귀신이 습격하지 않더라도 셸터를 맡아 지키는 책임은 변함이 없다.

셸터에 남은 형제들은 경계를 게을리 하지 않으며 사냥을 나가 비상용 보존식을 늘려 갔다. 셸터에 남은 오래된 책을 읽어새 정보를 습득해 갔다.

돈과 길다만이 아니라 형제들 모두 자기가 할 수 있는 역할을 맡아 해 나갔다.

그리고 떠난 지 엿새 만에 엠마는 '아저씨'에게 업혀 빈사 상태로 귀환했다.

엠마의 치료로 분주한 동안 레이가 새 식용아 동료들과 함께 돌아왔다.

"…역시 엠마와 레이는 굉장해."

약과 새 붕대를 준비하면서 길다는 돈에게 중얼거렸다.

"그래. 귀신 사냥터에서 싸웠다니."

그에 비하면 야생 귀신을 쫓은 자신들의 행동은 사소하게만 보인다. 그러나 가슴속에 번지는 것은 따라잡을 수 없는 분함만이 아니다.

이토록 존경스러운 사람이 바로 내 가족이라는 자부심이었다.

＊　＊　＊

이야기를 마치고 돈은 겸연쩍게 웃었다. 지금 돌이켜 보면 영리한 전법이라고는 도저히 말하지 못할 일이었다.

"그 정도로 귀신이 물러가 줘서 다행이었지."

"지금 생각하면 운 좋게 그 나이프가 귀신의 약점을 찔렀던 것 같아."

길다도 동의하며 끄덕인다. 귀신의 피부는 나이프로 쉽게 벨 수 없을 듯하지만 입 안은 다를 거다. 그렇게 생각하고 세운 작

전이었는데 결과적으로 귀신의 약점인 눈 뒤에 상처를 낼 수 있었으니까. 그러지 않았다면 아마 바로 재생해서 따라왔을 것이다. 두 사람이 귀신의 약점이나 싸우는 방법을 배운 것은 그후의 일이다. 귀신과 싸워 온 골디 펀드의 동료들과 협력하게 된 후 돈도 길다도 많은 것을 새로 배웠다.

"정말 운이 좋았던 거야, 우린."

"그런가?"

돈은 어깨를 으쓱하며 웃어넘기지만 두 사람의 활약을 듣고 있던 엠마에게는 충분히 용기 있는 싸움이라고 생각되었다.

"맞아! 맛있는 새도 잡아 왔고, 굉장히 믿음직했는걸!"

"셸터를 나가서도 굉장히 많이 도와줬고."

그렇게 생각한 사람은 엠마만이 아니었다. 동생들도 앞다투어 말을 거들었다. 돈과 길다에게 갈채가 쏟아졌다.

"나도 그렇게 생각해."

동생들을 따라 엠마는 크게 끄덕이며 동의했다.

"어, 그, 그런가?"

"어쩐지 기분이 묘하네. 그래도 다들 고마워."

그 시절은 아직 아무것도 할 줄 몰랐다. 그렇게 회상하던 돈과 길다였지만 형제들은 그렇게 보지 않았다는 것을 알고 기쁜 듯 쑥스러워했다.

노먼도 웃으며 입을 열었다.

"나도 둘을 다시 만났을 때, 얼굴 표정이 달라졌구나 하고 생각했어."

"앗, 그랬던가?!"

"사실 달라진 걸로 따지면 노먼이 더했지만…."

돈은 기억을 떠올리고 쓴웃음을 지었다. 자신들이 밖에서 살아남을 힘을 기르는 동안 노먼은 농원의 식용아들을 여럿 구출하고 '미네르바'라는 이름을 이어받은 존재가 되어 있었으니까.

노먼은 미소 짓고 고개를 저었다.

"나는 너무 멀어진 길을 택해 버렸으니까."

그대로 끝까지 가 버리지 않은 것은 하우스에서 같이 자란 형제들 덕분이다.

"하우스에서 출하되던 날, 내가 너희 둘에게 말했지. '엠마와 레이를 부탁한다'고."

노먼은 조용히 웃음 지었다.

"쭉 도와준 것 같아서 마음이 놓였어."

그렇게 말하고 노먼은 레이에게 시선을 돌렸다. 알아차린 레이가 두 사람을 보고 끄덕였다.

"그래, 맞아. 너희가 아니었으면 못 했을 일이 참 많았지."

레이의 말을 들은 돈은 기뻐하기보다 적잖이 당황했다.

"어, 아니 잠깐, 갑자기 레이가 진지하게 칭찬하니까 놀라잖

아! 혹시 해가 서쪽에서 떴나?!"

"뭐? 나는 항상 빈정거리기만 하는 사람이냐?"

"아니, 저기, 저기!"

그 대화에 길다가 제일 먼저 웃음을 터뜨렸다. 뒤따르듯 엠마도, 형제들도 소리 내어 웃었다.

문이 열리고 바깥에서 작업을 하던 노인이 돌아왔다. 테이블을 둘러싼 아이들에게 다정히 말을 걸었다.

"곧 마지막 버스가 떠날 시간이구나."

그 말에 엠마는 창밖을 보았다.

어느새 해도 이미 저물고 밖은 어두컴컴해져 있었다.

"어!"

"와, 정말이네!"

시계를 보고 아이들도 놀랐다. 오두막에 도착한 것이 방금 전 같은데, 몇 시간이나 이야기에 열중했던 모양이다.

"엠마를 만나면 눈 깜짝할 사이에 시간이 지나 버린다니까."

돌아갈 채비를 하며 형제들이 이야기했다. 하우스의 추억, 지금까지 겪었던 모험, 아무리 이야기해도 모자랄 정도다.

"버스를 타려고 너무 서두를 건 없다… 여기라도 괜찮으면 자고 가도 돼."

결코 가깝지 않은 정류장까지 밤길을 걸어가려는 아이들에게 노인은 걱정스레 말을 걸었다. 노먼은 밝게 웃으며 고개를 저었다.

"아뇨, 괜찮습니다."

"이 인원수로는 아무래도 폐가 될 테니까."

레이도 정중히 사양했다.

지금까지 여행해 온 세계에 비하면 아무리 변두리라도 이쪽 세계의 밤길은 그리 위험하지도 않다. 하지만 그렇게 말해 주는 노인의 배려는 고마웠다.

"나도 버스 정류장까지 갈래!"

엠마는 그렇게 말하고 등불을 준비했다. 아이들은 벗어 둔 윗옷을 걸쳤다.

"더 가까이에 살면 금방 올 수 있는데!"

"그러게!"

이야기를 나누는 도미니크와 마르크에게 이베트가 손가락을 세우며 제안했다.

"엠마네 집 옆에 다 같이 살 수 있는 집을 짓는 거야."

"와아! 그거 좋겠는데!"

"할아버지는 우리가 와도 불편하지 않아요?"

올려다보는 아이들에게 노인은 부드러운 눈매로 대답했다.

"그럼, 하나도 불편할 것 없어!"

아이들은 기쁜 듯 웃고는 문을 열고 밖으로 나갔다. 엠마도 그 형제들을 뒤따르며 문 옆에 선 노인을 돌아보았다.

"그럼, 다녀올게요!"

"그래, 잘 다녀오거라."

노인은 조용히 그들을 배웅했다. 떠들썩한 웃음소리와 발소리를 남기며 소년 소녀들은 오두막을 뒤로했다.

약속의 네버랜드
THE PROMISED NEVERLAND

길잡이 별

(소년 점프 GIGA 2019 SUMMER Vol.1~3 게재)

밖으로 나가자 온 하늘에는 별이 가득했다.

산등성이가 검게 두드러지고 밤하늘이 검푸른 빛을 띠고 있는 것이 잘 보였다. 깜빡이듯 반짝이는 별들 사이로 잘디잔 빛이 흩뿌려져 있다.

"와아, 별이 엄청 많아!"

펄쩍펄쩍 뛰다시피 하며 아이들이 밤길을 달렸다.

"굉장해!"

"별이 너무 잘 보여!"

"아, 이 녀석들! 위험하니까 뛰지 마!"

동생들을 쫓아 길다가 달리고 그 뒤를 돈이 웃으면서 따라갔다. 하우스에 돌아온 듯한 그 광경을 보고 노먼은 눈을 가늘게 접어 웃었다.

그리고 고개를 들어 하늘을 올려다봤다. 아직 찬 밤공기가 뺨을 스치고 지나갔다.

"여기는 지상의 빛이 거의 없으니까… 깨끗하게 잘 보이네."

올려다보고 옆을 걸으며 엠마는 신기한 듯 물었다.

"도시에서는 잘 안 보이나 봐?"

"여기만큼은 안 보이지."

호주머니에 손을 넣고 레이도 하늘을 올려다보며 대답했다.

그렇구나, 엠마는 중얼거렸다. 엠마 안에 있는 것은 이곳에서 본 밤하늘의 기억뿐이다. 도시의 밤하늘도 언젠가 가서 보고 싶다고 마음속으로 속삭였다.

"후후, 그쪽 세계에 있을 때는 이게 보통이었을 텐데."

노먼은 2년 전까지 있었던 그 세계를 회상했다.

"…그립네."

별을 올려다보던 엠마는 갑자기 손가락을 들어 한 점을 가리켰다.

"아, 북극성이다."

"응?"

노먼은 옆에서 들린 말에 놀라 고개를 들었다. 레이도 앞머리 사이로 하늘을 응시했다.

"그거… 기억해?"

노먼과 레이가 자기를 보는 것을 알아차리고 엠마는 어리둥절했다.

"저, 여기 와서 배운 거긴 하지만."

"아… 그렇구나."

사소한 말 하나에도, 기억의 편린이 남아 있다면 하고 기대하게 된다. 노먼도 레이도 그 마음은 같았다. 엠마는 약간 난처한 듯 웃고, 둘에게 물었다.

"내가 별 이야기 같은 것도 했어?"

"응… 하우스에서 몰래 별을 보러 간 적이 있었어."

노먼은 기억을 더듬으며 그리운 듯 중얼거렸다. 엠마는 고개를 갸우뚱했다.

"응? 하지만 그게 가능해? 하우스는 자유롭게 밖에 나가거나 할 수 없었다면서?"

후후 하고 노먼은 웃었다.

"엠마가 먼저 말했는걸? 별자리를 찾으러 가자고."

* * *

아침의 GF(그레이스 필드)하우스 복도, 아이들이 저마다 떠들면서 걸어 다니는 그곳을 밝은색 머리카락의 소녀가 달려갔다.

"엠마, 안녕."

"안녕! 코니!"

토끼 솜 인형을 끌어안은 여동생에게 인사하고 엠마는 계단을 힘차게 뛰어 내려갔다. 그리고 거기서 본 두 소년에게 큰 소리로 말을 걸었다.

"레이, 노먼, 안녕! 우리 오늘 밤에 별자리를 찾으러 가자!"

부르는 소리에 책을 옆구리에 낀 검은 머리의 소년이 돌아보았다.

"아침부터 무슨 엉뚱한 소릴 하나 했더니….."

레이는 기가 막히다는 듯 한숨을 쉬더니 엉뚱한 그 제안을 일축했다.

"밤중에 밖에 나가는 걸 엄마가 허락해 줄 리 없잖아."

뻔히 알고 있는 규칙을 되새겨 주자 엠마는 볼멘소리를 했다.

"그치만 별자리를 볼 수 있는 건 밤뿐인걸."

"엠마, 갑자기 그건 또 왜?"

차분한 목소리는 또 한 사람의 소년, 노먼이었다. 엠마는 손짓 발짓을 섞어 가며 어제 있었던 일을 이야기했다.

"있잖아, 자기 전에 필이랑 마냐랑 별자리 책을 봤거든? 왜, 별자리 이야기랑 북극성을 찾는 방법 같은 게 있는 책 말이야. 근데 아이들이 '별자리가 뭐야?' 하는데 잘 대답을 해 주지 못했어."

"'별자리' 몇 개의 별이 모인 것을 나누어 고유한 명칭을 붙인 것."

"레이! 끝까지 들어 봐!"

박식한 형제의 놀림에 엠마는 발끈했다. 그리고 다시 손가락을 착 세우고는 두 사람에게 말했다.

"우리도 말이야, 별을 본 적은 있지만 밖에 나가서 천체 관측이라는 걸 해 본 적은 없잖아!"

레이와 노먼은 얼굴을 마주 봤다. 확실히 둘 다 지식으로는 알지만 진짜 별자리를 찾아본 적은 없다.

"그치? 그러니까 다 같이 별자리를 보러 가는 거야!"

"흐음, 그래. 엄마한테 부탁해 본다는 방법도 있지만…."

식당으로 향하면서 노먼은 생각에 잠겨 턱에 손을 댔다. 복도 저쪽에서 걷는 엄마의 모습을 힐끔 봤다. 레이가 "절대 안 될 걸."이라고 쏘아붙이려 할 때였다.

"다락방 창문."

"응?"

엠마가 눈을 동그랗게 뜨고 되물었다. 심드렁하게 듣던 레이도 무심코 노먼에게 시선을 돌렸다.

노먼이 목소리를 낮추며 두 사람에게 말했다.

"다락방에 망가진 창문이 하나 있어. 거기라면 밤에 몰래 지붕으로 나갈 수 있을지 몰라."

"지붕으로?! 와! 굉장해!"

환성을 지른 엠마에게 쉿 하고 노먼은 입술에 손가락을 댔다.

"문을 열고 밖으로 나가는 것보다 들킬 위험이 적지 않을까? 레이 생각은 어때?"

의견을 구하자 레이는 미간을 좁혔다. 잠시 침묵한 후 입을 열었다.

"…뭐, 엄마가 방을 순찰하러 오기 전에 돌아온다면."

레이의 말을 듣고 노먼은 마주 끄덕였다.

"처음에는 우리만 나가 보자. 위험하지 않을 것 같으면 다른 아이들도…."

"응! 그럼 오늘 밤 소등 시간 후에!"

엠마는 두 든든한 친구를 번갈아 보고 눈을 빛내며 웃었다.

끼익 하고 희미하게 계단이 삐걱였다. 세 그림자가 평소에는 쓰지 않는 계단을 올라가 지붕 밑 다락방으로 들어갔다.

"여기야."

노먼은 작은 창 하나에 가까이 갔다. 자세히 들여다보니 정말 창틀에 끼운 창살이 헐거워져, 흔들어 보니 그대로 빠져나왔다.

"됐다!"

"엠마, 목소리 낮춰."

뒤에 있던 레이가 나무랐다. 엠마는 창문으로 몸을 내밀었다. 밤바람에 머리카락이 나부꼈다.

"내가 먼저 가 볼게! 너희는 기다려."

"엠마, 조심해야 돼."

어깨를 토닥인 노먼에게 웃어 보이고는, 엠마는 미리 갈아신고 온 부츠로 지붕에 내려섰다. 지붕에 쌓인 모래 먼지 때문에 처음에는 잠깐 미끄러웠지만 경사는 생각보다 급하지 않았다. 그대로 걸어서 용마루까지 올라갈 수 있을 것 같다.

"괜찮아!"

지붕을 올라가는 엠마를 레이와 노먼이 뒤따랐다.

"와아!"

지붕 꼭대기에 서자 엠마는 머리 위에 펼쳐진 별들을 둘러보았다. 주위를 에워싼 숲은 검게 가라앉아 윤곽만 남고, 그 위에는 깊고 검푸른 밤하늘이 펼쳐져 있었다.

커다란 별이 점점이 떠 있다.

책에서 본 위치에서 항성들이 빛나고 있음을 깨달았다.

"저건 카시오페이아자리일까?"

"응, 그럴 거야."

역시 지붕 위로 올라온 노먼이 옆에 서서 올려다봤다. 램프를 든 레이가 불빛에 기대어 책을 펼쳐 읽었다. 별자리와 그 별의 이름이 적힌 책이다.

"저게 큰곰자리… 북두칠성이구나."

레이가 시선을 보내는 별이 어느 것인지 엠마도 노먼도 알아차렸다. 일곱 개의 별이 밝게 빛나고 있다.

"그럼… 저게."

세 사람의 목소리가 하나의 별을 가리키며 겹쳐졌다.

"북극성!"

그것은 작은 별이었지만 별자리를 이어 가다 보면 찾아낼 수 있다.

북쪽이 어디인지 가르쳐 주는 길잡이별이다.

엠마는 눈을 커다랗게 뜨고 소리를 높였다.

"굉장해! 진짜 별자리야!"

"당연하지."

어이없다는 듯 말하면서도 레이는 지붕 위에 걸터앉아 흥미로운 듯 책과 밤하늘을 비교했다. 엠마와 노먼은 함께 웃고, 역시 그 옆에 앉았다.

"있지, 옛날엔 이 별을 의지해서 여행을 다녔다잖아?"

엠마는 책에서 읽은 내용을 떠올렸다. 노먼이 끄덕였다.

"응. 지구가 자전하는 축과 이어지는 별이니까 반드시 북쪽을 가리키지."

"그럼 저, 하우스를 나가서 언젠가 다 같이 모험을 할 때는 이 북극성을 표시로 삼으면 되겠다!"

모험? 하고 노먼은 웃으며 되물었다.

"응! 숨겨진 보물이라거나, 아직 아무도 가 본 적 없는 곳이라거나."

엠마는 눈을 빛내며 장대한 공상을 이야기했다. 레이는 심드렁하게 맞장구를 쳤지만 얼마 후 한숨을 섞어 중얼거렸다.

"그보다 별을 의지해서 여행한 것은 옛날 일이잖아? 이젠 멀리 떨어져 있어도 서로 연락할 수 있고…."

"그건 그렇지만!"

엠마는 레이 쪽으로 몸을 내밀었다.

"하우스를 떠나서 서로 다른 집으로 가도 이렇게 밤마다 하늘을 올려다보면 같은 별을 볼 수 있겠지? 그건 아주 확실한 길잡이가 아닐까?"

엠마의 말에 레이는 눈을 아주 약간 크게 떴고, 노먼은 소리 내어 웃었다.

"응, 맞아. 길잡이가 되겠다."

엠마의 머릿속에는 '별자리가 뭐야?' 하고 묻던 동생들의 얼굴이 떠올랐다.

언젠가 모두들 하우스와 이별하고 바깥 세계로 떠날 날이 올 것이다. 서운하지만 그때 별자리를 따라가서 북극성을 찾으면 어떤 곳에서도 모두 이어질 수 있다.

어떤 곳에서도 길을 잃지 않고 다시 만날 수도 있을 것이다.

"이 별을 길잡이로!"

별이 쏟아질 듯한 밤하늘에 손을 뻗고 엠마는 미래를 생각하며 웃었다.

* * *

길 저편에서 동생들의 웃음소리가 들려왔다.

"그 시절에는 엠마가 말한 '모험'이 뜬금없게 들렸는데."

"진짜가 돼 버렸네."

레이가 어깨를 으쓱하고 웃었다. 그때는 어이가 없었다. '뜬 금없어서'가 아니다. '불가능'하다고 생각했기 때문이다.

자신들이 바깥 세계를 자유롭게 여행하다니.

"…정말 이루어졌구나."

레이의 입에서 희미한 속삭임이 흘러나왔다. 혼잣말 같은 그 속삭임은 그러나 엠마와 노먼의 귀에도 분명히 들렸다.

북극성. 다른 빛나는 별들에 자칫 가려질 듯한 그 작은 별을 레이는 물끄러미 올려다봤다.

계절은 지금과 다르다. 그러나 기억 속의, 하우스를 탈옥한 밤에 올려다본 하늘이 오늘의 밤하늘과 겹쳐졌다.

* * *

모르는 밤의 숲속, 레이는 달리면서 앞에 가는 소녀에게 말을 걸었다.

"엠마, 잠시 쉬자. 이대로 달리면 페이스를 유지할 수 없어."

어두운 시야에 배낭을 짊어진 형제들의 모습이 비쳤다. 나무들 사이로 별빛만이 발밑을 비추는 어둠. 그 속을 어린 형제들은 이미 상당한 거리를 달리고 있다. 모두 숨이 가빠 어깨를 들썩이고 있었다.

"응, 알았어."

앞서가던 엠마는 레이의 말에 돌아보고 발을 멈췄다. 되돌아가면서 동생들의 상태를 한 사람 한 사람 확인했다. 모두의 얼굴은 긴장과 흥분으로 굳어 있었다.

"다들 괜찮니? 잠시 쉬었다가 다시 힘을 내서 달리자."

"엠마, 뒤에서 쫓아오지 않을까…?"

"내가 보고 있을 테니 걱정하지 마. 조금이라도 쉬어."

레이는 말을 주고받는 형제들을 바라보다, 이윽고 시선을 들어 밤하늘을 올려다보았다.

반짝이는 별을 바라보노라니 탈옥을 해냈다는 실감이 서서히 밀려 올라왔다. 여기는 바깥 세계다. 언제나 뛰어놀던 담장 안의 숲이 아니다.

'하우스를 나온 거야….'

레이는 숨을 길게 토해 냈다. 계획을 시작한 10월 12일, 아니, 그보다 훨씬 오랜 시간을 오늘 이 탈옥을 위해 쏟아 온 것이다.

문득 올려다본 밤하늘에서 별자리를 발견하고 레이는 저도 모르게 중얼거렸다.

"…하하, 그립네…."

그날 밤부터 1년도 채 지나지 않았는데, 평화롭던 하우스의 나날이 마치 오래된 과거처럼 느껴졌다. 레이는 한손을 들어 천천히 손가락을 움직였다. 손끝이 따라간 자리에 빛나는 것은 북극성이었다.

그날도 아침부터 엠마가 느닷없이 말을 꺼냈다.

"우리 오늘 밤에 별자리를 찾으러 가자!"

이 GF하우스에서 함께 자란 소녀는 어린 시절부터 언제나 엉뚱한 말을 하곤 했다. 식당으로 가면서 레이는 어이가 없어 한숨을 쉬었다.

"밤중에 밖에 나가는 걸 엄마가 허락해 줄 리 없잖아."

하우스에는 소등 시간이 있고, 낮 시간 외에는 밖에 나가는 것이 금지되어 있다. 생각할 것도 없이, 천체 관측 같은 것은 절대 불가능하다.

하지만 결과적으로 그날 밤 자기들은 다락방의 망가진 창문을 통해 하우스 지붕 위로 나갔다.

본래 하우스 창문에는 모두 창살이 쳐져 있다. 그러나 노먼은 평소 사용하지 않는 다락방 창문 하나가 망가졌다는 것을 알고 있었다.

사실은 말려야 했다고 레이는 지금도 생각한다. 그런 짓을 했다가 자기들에 대한 '경계'가 강화되면 오랜 시간에 걸친 계

획이 수포로 돌아가고 만다. 그러나 진짜 별을 똑똑히 볼 수 있
는 기회는 이런 때가 아니면 없었다.

레이도 엠마와 같았다. 진짜 별자리를 눈으로 보고 싶었다.

별자리나 천체에 대해 쓴 책을 끌어안고, 램프를 들고 레이
는 지붕으로 올랐다.

머리 위로 펼쳐진 밤하늘의 모습에 숨을 죽였다.

"와아!"

엠마가 환성을 지르고 노먼이 하늘에 손을 뻗었다.

맑게 갠 달 없는 밤, 별은 모두 똑똑히 보였다. W 모양을 한
카시오페이아, 큰곰자리의 꼬리에 있는 북두칠성, 그것을 이어
서 따라가면….

"북극성!"

셋이 함께 가리킨 별은 딱히 밝게 빛나는 별이 아니다. 그러
나 별자리를 이어 가면 결코 놓치지 않는 별이다.

"있지, 옛날엔 이 별을 의지해서 여행을 다녔다잖아?"

지붕에 앉아 엠마가 물었다.

"응. 지구가 자전하는 축과 이어지는 별이니까 반드시 북쪽
을 가리키지."

노먼이 그렇게 설명하자 엠마는 눈을 커다랗게 뜨고 웃었다.
즐거운 생각이 떠올랐을 때 언제나 짓는 표정이다.

"그럼 하우스를 나가서 언젠가 다 같이 모험을 할 때는 이 북

극성을 표시로 삼으면 되겠다!"

"아하하, 모험?"

노먼이 소리 내어 웃었다. 엠마는 몸을 내밀어 이야기했다.

"응! 숨겨진 보물이라거나, 아직 아무도 가 본 적 없는 곳이라거나!"

주먹을 불끈 쥐고 재잘대는 엠마에게 노먼은 조용히 대답했다.

"즐겁겠다."

"혹시 서로 헤어지거나 길을 잃어버려도 이 별을 따라가면 괜찮다는 뜻이겠지? 응, 레이?"

엠마는 그렇게 말하고 레이를 보았다.

"그래, 그렇겠지."

레이는 시선을 하늘에 둔 채 짧게 대답했다. 엠마도 노먼도 그것을 여느 때처럼 퉁명스러운 대답으로 여기고 그다지 신경 쓰지 않았다.

레이는 별들 사이에서 오도카니 빛나는 북극성을 바라보았다.

"……."

다 같이 바깥 세계를 모험한다… 그런 날은 오지 않는다. 모험은 고사하고 자유롭게 밤하늘을 올려다보는 것마저 자신들에게는 꿈일 뿐이다.

하다못해, 하고 레이는 생각했다.

지금 여기 있는 두 사람만은 북극성을 길잡이로 바깥 세계를 여행할 수 있는, 그런 미래로 데려가고 싶었다.

"레이."

말을 건 사람은 남동생 크리스티였다. 카디건 소매를 당기는 손길에 레이는 현실로 돌아왔다. 어느새 동생들은 모두 다시 달릴 준비를 하고 있었다.

"이제 뛸 수 있어!"

"가자!"

날이 채 밝지 않은 어스름 속, 레이는 떠오르는 가족들의 얼굴을 둘러보았다.

그 망가진 창문은 다음 날에 이자벨라가 고쳐 버렸기 때문에 맏이인 자기들 외에는 아무도 지붕 위에 올라가지 못했다.

'당연하지.'

레이는 마음속으로 중얼거렸다. 밀고한 자가 바로 자신이었으니까.

형제들에게서 별자리를 볼 기회를 영원히 앗아 간 줄만 알았다.

"…언젠가 다 같이 모험을 할 때라…."

그런 날은 결코 오지 않을 줄만 알았다. 적어도 '모두'는 불

가능하다고.

그런데 지금, 남기고 가려던 동생들과 함께 이렇게 자유롭고도 가혹한 여행을 시작했다.

"레이?"

돌아보는 엠마에게 레이는 부드럽게 고개를 저었다.

"아무것도 아냐, 가자."

머리 위에는 별과 별이 이어진 곳, 결코 흔들리지 않는 작고 밝은 별이 빛나고 있다.

저 별은 희망이며, 이상이며, 함께 살아남으리라 생각했던 또 한 사람의 형제다.

'맹세할게… 노먼.'

나는 살아서 네 몫까지 모두를 이끌게.

별빛 아래에서 레이는 가족과 함께 달리기 시작했다.

＊　＊　＊

레이는 옆에서 걷는 두 사람을 봤다.

탈옥하던 날 밤에는 잃어버린 줄 알았던 형제와, 세계를 넘어올 때 다시는 찾을 수 없을 줄 알았던 형제.

하지만 지금은 모두 함께 그날 밤처럼 밤하늘을 올려다보고 있다.

'둘 다 살아서 여기에 있어….'

그리고 자신도.

레이는 만감이 교차하는 심정으로, 하지만 그 이상 무슨 말을 하지는 않고 조용히 하늘만 올려다보았다.

"나도 람다에 있을 때, 그날 밤을 떠올리곤 했어."

천천히 걸으면서 노먼은 중얼거렸다. 레이도 엠마도, 하늘을 보던 시선을 옆에서 함께 걷는 형제에게 돌렸다.

"람다라면… 노먼이 실험을 당하던 곳…?"

이 세계로 넘어온 동료가 모두 하우스에서 함께 자란 가족은 아니다. 다른 '농원'에 있었던 아이들도 있었다는 말을 엠마는 들었다. 그중에서 시스로나 바바라, 빈센트나 저지 등은 Λ7214라는 새 농원에서 실험을 당한 과거가 있다. 거기에 노먼도 있었던 것이다.

이 세계로 넘어올 때는 실험 부작용으로 고통스런 증상이 있었다지만 2년 동안 많이 치료됐다고 들었다.

하지만 비참한 과거를 겪어 온 것은 틀림없다.

어두운 얼굴로 묻는 엠마를 안심시키려는 듯 노먼은 웃음 지었다.

"너희 둘과 함께 본 북극성과 그 밤하늘에 용기를 얻었어."

그렇구나 하고 엠마는 대답했지만 레이는 의아한 듯 확인했다.

약속의
네버랜드
THE PROMISED
NEVERLAND
~추억의 필름들~

"…람다에 창문 같은 게 있었냐?"

"없어."

다시 대답한 노먼에게 엠마는 "응?" 하고 어이없어했고, 레이는 "그럴 줄 알았지." 하고 놀란 기색도 없이 한숨을 쉬었다.

노먼은 빙그레 웃으며 대답했다.

"그래도 보였어. 많은 별이."

두꺼운 벽과 천장, 엄중한 경비도 추억 속의 광경을 가로막는 장벽이 되지는 못했다.

* * *

무기질적인 하얀 벽면과 유리로 둘러싸인 공간, 한가운데 책상에 한 소년이 앉아 있다. 모니터에 표시되는 문제를 소년은 차례로 풀고 있었다.

유리 너머에는 흰 옷을 입은 남자들이 어린 소년의 모습을 지켜보고 있었다.

"…현 시점에서는 아직 오답이 없군. 모두 정답이다."

"풀 스코어라고? 어디까지 발전할지…."

이곳은 Λ7214. 그날 '출하'될 예정이었던 노먼은 이 연구 시설로 끌려왔다. 매일 치르는 테스트와 철저히 관리되는 생활은 이곳 역시 형태를 바꾼 하우스라는 것을 보여 주었다.

눈썹 하나 까딱 않고 노먼은 거침없이 문제를 풀어 갔다.

하지만 화면에 비친 한 문제에 아주 잠깐 그 움직임이 멈췄다.

〈제169문 2046년 현재 세페이드 변광성이며 지구로부터의 거리 433광년, $α=2h31.5m$ $δ=+89°16'$의 위치에 존재하는 항성을 답하라.〉

노먼은 무심코 펜을 멈췄다.

'아….'

물론 답을 몰라 머뭇거린 것은 아니다.

이 문제의 답은 작은곰자리의 폴라리스 Aa… 북극성이다.

노먼의 머릿속에 하우스에서 보낸 어느 날 밤의 일이 선명히 되살아났다. 머리 위에 펼쳐진 별빛 가득한 밤하늘. 약간 쌀쌀한 밤바람과 램프 불빛…. 지붕 위에 올라섰을 때 약간 무서워했던 것은 아마 두 사람에게 들키지 않았을 것이다.

'엠마, 레이….'

그리움에 가슴이 미어진다.

연구자들은 소년의 손이 멈춘 데 주목했다. 하지만 이내 다시 문제를 풀기 시작했으므로 더 이상 주의를 기울이지는 않았다.

200문제 종료 알림 방송을 듣고, 노먼은 무수한 코드가 연결된 헤드폰을 벗었다.

주어진 방으로 돌아가기 위해 복도를 걸어갔다. 살짝 시선을 들어 봐도 보이는 것은 밋밋하기만 한 하얀 천장이다.

창문이 없는 이 시설에서는 하늘을 볼 수 없다.

'하우스에 있을 때도 원래는 밤하늘을 본다는 것은 불가능했지만.'

노먼은 아무리 어떤 어려움이나 위험을 무릅쓰고서라도 언제나 엉뚱한 아이디어를 내던 소녀를 떠올리고 작게 웃었다.

아침 식사 냄새가 풍기는 하우스 복도, 밝은색 머리카락을 휘날리며 엠마가 달려왔다.

"안녕! 우리 오늘 밤에 별자리를 찾으러 가자!"

같이 식당으로 향하던 소년 레이는 그 엉뚱한 제안에 상상한 대로의 대답을 했다.

"밤중에 밖에 나가는 걸 엄마가 허락해 줄 리 없잖아."

그 자리에서 기각당한 엠마는 볼멘 시늉을 했지만, 노먼도 부정할 수는 없었다. 하우스의 규칙이다. 밤에는 마음대로 밖에 나가선 안 된다. 엄마에게 부탁해도 납득할 만한 이유가 없는 한 허가를 얻기란 어려울 것이다.

별자리는 침실 창문으로 보는 수밖에 없으려나, 하고 노먼은 생각했다. 그때 문득 생각이 미쳤다.

'창문….'

"다락방 창문."

문득 중얼거린 노먼을 엠마와 레이가 돌아보았다.

노먼이 그 창문을 발견한 것은 우연이었다.

자유 시간에 밖에서 놀다가 어린 남동생이 던진 공이 하우스 지붕의 작은 창에 부딪힌 것이다. 그때 창문 창살이 약간 흔들리는 것이 보였다.

나중에 확인해 보니 역시 창틀에 끼운 창살이 약간 헐거워진 듯했다. 다락방은 어린 형제들이 노는 곳도 아니므로 서둘러 수리할 필요는 없을 거라 생각했다.

그대로 두기를 잘 했다. 그 창문에 대해 엄마는 아직 모른다.

그날 밤, 세 사람은 몰래 하우스 지붕 위로 올라갔다.

신비한 기분이었다. 쭉 살던 집이지만 지붕에 올라가는 것은 처음이었다.

"와아…."

머리 위에 가득 펼쳐진 별을 바라보는 것 역시 처음이었다. 하늘을 올려다보며 저도 모르게 탄성을 질렀다.

책에서 본 별자리가 그대로 수놓아져 있었다. 카시오페이아 자리, 북두칠성, 그 끝에서 이어지는 북극성. 셋에서 차례로, 아는 별자리를 찾아갔다.

"별자리는 참 재미있구나."

지붕에 걸터앉은 엠마가 하늘을 올려다보며 중얼거렸다.

"별자리 하나에 큰 별과 작은 별이 모두 들었네. 더 눈에 띄는 별만으로 별자리를 만들 수도 있었을 텐데."

시선을 돌리고 지붕에 앉은 레이와 노먼을 보며 웃었다.

"별자리를 만든 사람은 참 다정한가 봐!"

엠마의 발언을 듣던 레이가 조금 후 담담히 말했다.

"뭐, 보이지도 않을 만큼 작은 별도 그냥 멀리 있을 뿐이지 실제 크기는 어마어마하기도 하니까."

"맞아. 저 북극성도 태양의 46배 크기라고 하지."

"뭐?! 그렇게 커?! 저게?!"

엠마는 눈을 휘둥그레 뜨고 다시 한번 하늘의 작은 점을 가리켰다. 노먼은 웃으며 끄덕였다.

"그래. 게다가 북극성 자체도 하나의 별이 아니라 별 세 개가 합쳐져서 저렇게 보이는 거래."

"우와, 그렇구나. 그럼 사실은 저기 세 별이 같이 있다는 거네?"

엠마는 눈을 빛내며 말했다.

"그거 꼭 우리 같아!"

개인실 침대에 드러누워 노먼은 천장을 올려다봤다. 최소한의 인테리어인지, 매달린 행성 모빌이 통풍구의 미풍에 약간씩 흔들렸다.

여기서 진짜 밤하늘을 볼 수는 없다.

그러나 날짜와 시간을 계산하면 지금 이 시설 위에 펼쳐진 별자리가 뭔지 대강 그릴 수는 있다.

'조금만 더 있으면….'

그때 하우스에서 본 것처럼 바로 머리 위에 카시오페이아자리나 북두칠성이 올라올 것이다. 노먼은 눈을 감았다. 눈꺼풀 속에는 별의 배치와, 그에 포개진 형제들의 얼굴이 떠올랐다.

'부디 모두들….'

아무도 낙오되지 않고 무사히 탈옥에 성공하기를.

별은 혼자만으로는 별자리를 이룰 수 없다. 밤하늘을 뒤덮은 무수한 별이 있기에 많은 이야기가 생겨나는 것이다. 큰 별도 작은 별도, 하나라도 빠지면 별자리는 달라지고 만다.

별자리가 없으면 길잡이 별, 북극성을 찾기도 어려워진다.

그날 밤 엠마가 했던 말이 되살아났다.

'언젠가 다 같이 모험을 할 때는 이 북극성을 표시로 삼으면 되겠다!'

그때는 모험이라는 말이 엠마답다는 생각에 그저 웃었다. 하지만 이제는 모험보다 더한 위험과 마주한 세계를 살아가게 되었다. 그때 이미 진실을 알고 있었던 레이는 어떤 심정으로 그 말을 듣고 있었을까. 둘 다 같은 하늘 아래, 어딘가에서 형제들을 지키기 위해 필사적으로 싸우고 있을 것이다.

노먼은 감시당한다는 것을 알면서 왼손을 들었다.

셋이서 바라본 별을 그때처럼 가리켰다.

'엠마, 레이… 모두들 기다려 줘.'

살아서 이곳을 탈옥하고 말겠다. 노먼은 들어 올린 손을 꽉 쥐고 가슴으로 끌어당겼다.

그 북극성을 길잡이 삼아, 언젠가 반드시 다시 만나고 말리라.

* * *

노먼은 밤하늘을 올려다보고 그리운 듯 눈을 가늘게 접었다.

지금 생각하면 람다에서 나온 후 엠마 일행을 찾는 것은 그나마 가능성이 있었다. 미네르바의 이름으로 무선을 보내고 그 발자취를 따라가다 보면 언젠가 다시 만날 거라 생각했다.

하지만 이 세계에서 단 하나의 인간을 찾아내기란 너무나 막막했다.

엠마가 치른 '대가'가 무엇인지도 모르고, 정말 이 세계에 있는지 그 생사마저 불확실한 채 정보를 긁어모으며 온갖 곳을 돌아다녔다.

만약 이대로 엠마를 영영 찾지 못한다면. 그런 생각으로 잠 못 이루는 밤도 있었다. 포기만은 하지 않으리라 결심했지만,

혹시 남은 인생을 모두 쏟아부어도 모자라다면. 그렇게 생각하면 노먼은 일분 일초가 지나가는 것이 두려웠다.

이러는 사이에 지금 세계 어딘가에서 엠마가 혼자 고통받고 있을지도 모른다.

그것은 동료들 모두가 안고 있는 불안이었을 것이다.

그래서 동료들 모두, 누구 하나 '이제 단념하자'고는 하지 않았다. 아무리 불안에 사로잡혀 주저앉을 것만 같아도 서로 격려하며 다시 일어섰다.

엠마가 자신들에게 해 준 것을 떠올리며 앞으로 나아갔다.

노먼은 눈부신 듯, 반짝이는 별을 올려다봤다.

"그래도."

노먼은 안도와 환희가 섞인 시선으로 그 별을 바라봤다.

"똑같이, 북극성을 보고 있었구나."

"…정말, 그렇군."

노먼과 레이는 옆에 선 엠마에게 고개를 돌렸다.

"아…."

그쪽 세계의 인연은 모두 끊어졌다. 이제는 '가족'이 아니다. 본 적도 없고 알지도 못하는 사이가 되어 버렸다.

그러나 서로 다른 하늘 아래 있었던 것은 아니다. 얼굴을 마주하자 엠마는 활짝 웃으며 끄덕였다.

"응…!"

그들을 이은 모든 것이 끊어지지는 않았다.

틀림없이 같은 별 아래에서 지난 2년을 살고 있었던 것이다.

약속의
네버랜드
THE PROMISED
NEVERLAND

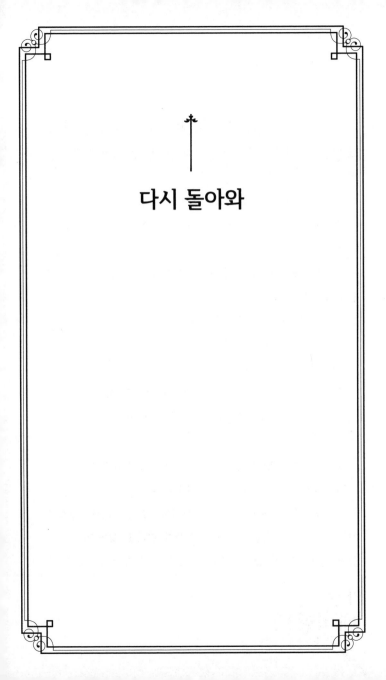

다시 돌아와

오두막에서 정류장까지는 어느 정도 거리가 있지만, 어느덧 표지판이 눈에 들어왔다. 오도카니 선 가로등 불빛 속에 낡은 벤치 하나가 덩그러니 보인다.

"다행이다, 버스 시간 안 늦었어~!"

빛바랜 시각표를 보고 아이들은 안도의 환성을 질렀다.

"오늘 고마웠어."

작은 가로등 아래에서 형제들과 마주 보며 엠마는 다시 한번 감사의 말을 전했다.

"나에 대해, 모두에 대해 많이 가르쳐 줘서."

"무슨 소리야? 매일 들려준다니까."

"엠마가 이제 그만! 할 정도로."

돈과 길다가 웃는 얼굴로 바라봤다. 노먼이 말을 덧붙였다.

"엠마. 우린 쭉 엠마 덕분에 견뎌 낼 수 있었어."

"응…."

엠마는 자신을 향한 아이들의 웃는 얼굴을 바라봤다.

"조금씩이라도 다시 모두와 친해지고 싶어."

처음 만났을 때는 모르는 소년 소녀들이었다. 그래도 흘러넘치는 눈물에, 이 사람들이 바로 **그토록 만나고 싶었던** 가족임을 알았다. 그리고 말을 나누고 서로를 알아 가며 조금씩 달라

지기 시작했다.

'아직은 갈 길이 멀지만.'

엠마는 형제들을 바라보고 웃었다.

"난 모두랑 다시 가족이 되고 싶어."

그 말에 형제들 모두, 한 명 한 명의 얼굴이 불빛처럼 밝아졌다.

"…응."

떨리는 목소리로 안나가 끄덕였다. 눈꼬리에 눈물을 훔치고, 냇이 웃었다.

"더 많이 이야기하자."

조용히, 그러나 흔들림 없는 어조로 레이가 말했다.

"반드시 되찾아 줄 테니까."

운명이 뭔가. '대가'가 다 뭔가. 기억도 인연도, 아무리 빼앗겨도, 이제부터 쭉 새로 쌓아 가면 그만이다.

"응…! 고마워."

부드러운 가로등 불빛이 엠마를, 그리고 형제들의 얼굴을 비춘다.

검푸른 밤하늘 아래로 봄날의 밤바람이 조용히 지나갔다. 엠마는 흐트러지는 머리카락을 누르고 중얼거렸다.

"난 기억을 잃기 전의 내가 왜 이 선택을 했는지 알 것 같아…."

엠마의 입에서 뜻하지 않은 말이 나와서 형제들의 표정은 놀라움으로 바뀌었다.

엠마는 가슴에 가만히 손을 얹었다.

"이렇게 사랑해 주는 가족이 웃으며 지낼 수 있는 미래가 있다면 주저 없이 선택할 거야."

기억은 잃었다. 하지만 분명 이 몸은 가족을 지키고 가족에게 사랑받았을 것이다.

가족들이 가르쳐 준 많은 추억 이야기로 하우스에서 지난 과거를 상상했다.

엄마 품에 안겨, 또래인 노먼과 레이와 함께 성장하고, 동생들을 돌보고, 그리고 미래를 열기 위해 장벽을 넘어 달려 나갔다.

진정한 자유를, 웃으며 살 수 있는 미래를 꿈꾸며, 이 손은 귀신과 싸우고, 서로를 이해하고, '약속'을 다시 맺어 온 것이다.

"'엠마'가 그렇게 애쓸 수 있었던 것은 모두가 있었기 때문이야."

게다가, 하고 엠마는 후련한 마음으로 덧붙였다.

"분명 괜찮을 거라고 생각한 게 아닐까?"

"뭐…?"

이상하다는 듯 되묻는 형제에게 엠마는 적절한 단어를 고르듯 천천히 속삭였다.

약속의 네버랜드
THE PROMISED NEVERLAND
❀ ~추억의 필름들~ ❀

"기억을 잃어도, 인연이 끊겨져도 믿고 있었던 거야."

이제 엠마는 이제 그쪽 세계에 있었던 때 왜 이런 선택을 했는지 형제들에게 밝힐 수 없다.

'이렇게 소중히 여겨 주는 '가족'인걸. 사실은 다들 '어째서?' 하고 생각했을 거야….'

왜 '대가'에 대해 가르쳐 주지 않았는지.

왜 혼자서 모든 것을 짊어지려 했는지.

"그래도 아마, 혼자만 희생하려 했던 건 아니라고 생각해."

추측하는 투와는 다른, 망설임 없는 어조로 엠마는 그렇게 말했다.

"괜찮을 거라고… 모두를 믿었다고 생각해."

다시 만나 이야기를 나누고, 함께 웃고, 같은 시간을 조금씩 다시 쌓기 시작하면서 엠마는 확신했다.

나는 마음속 어디선가, 내 가족이라면 자기가 이런 선택을 해도 '웃으며 살 수 있는 미래'를 만들 수 있을 거라고 생각했던 게 아닐까.

"엠마…."

산자락에서 희미하게 한줄기 빛이 다가왔다. 버스 헤드라이트다.

엠마는 행복한 듯 얼굴을 빛냈다.

"분명 난 최고의 미래를 선택한 거야."

시골길 저편에서 빛이 비친다. 구형 버스가 주행음을 울리며 정류장으로 다가왔다. 엠마는 쓴웃음을 지으며 머리를 긁었다.

"…아니, 나 자신을 이렇게 말하는 건 이상하고, 어쩌면 전혀 아닐지도 모르지만."

차창에서 새어 나온 빛이 아래쪽에 있는 아이들의 웃는 얼굴을 비췄다.

"아니!"

"분명히 그럴 거야."

"엠마니까!"

삐걱삐걱 소리를 내며 문이 열렸다. 사람이 거의 없는 버스에 시끌벅적하게 아이들이 올라탔다.

"또 올게!"

"더 많이 놀자!"

들어가자마자 창문으로 달려와 얼굴을 내밀고, 정류장에 남은 엠마에게 저마다 소리쳤다.

"엠마도 놀러 와!"

"응! 다른 아이들한테도 안부 전해 줘!"

출발하는 버스와 나란히 달리며 엠마는 크게 손을 흔들었다. 버스는 점차 속도를 높여 멀어져 갔다.

"엠마! 또 만나!"

그 모습이 보이지 않게 될 때까지 동생들이 손을 흔드는 것

이 보였다. 엠마도 구불구불한 길 저편으로 후미등이 사라져 보이지 않게 될 때까지 손을 흔들었다.

그 잔향이 사라지고, 마지막 버스가 떠난 시골길은 다시 쥐 죽은 듯 조용해졌다.

손을 내린 엠마는 잠시 형제들이 떠난 방향을 바라보고 있었 다.

"가 버렸네."

가슴속에 번지는 쓸쓸함마저 엠마에게는 애틋하게 느껴졌 다.

그 시절의 자신과 똑같이 느낄 수는 없을지 몰라도.

그래도 다시 맺지 못할 인연은 아니다.

지금의 자기에게도 그들은 이제 더없이 소중한 존재가 되었 다. 그것을 이 가슴속의 쓸쓸함과 다음에 만날 날을 기대하는 감정이 가르쳐 준다.

엠마는 가로등이 켜진 버스 정류장까지 돌아왔다. 그 불빛 아래에 사람 그림자가 보였다.

"아…."

밤하늘 아래에, 마중을 나온 노인이 조용히 서 있었다.

* * *

화창한 하늘에 하얀 구름이 흘러간다. 나무들이 바람에 산들거리는 소리를 들으며 한 소녀가 언덕 위에서 어딘지 먼 곳을 바라보고 있었다.

"엠마!"

　그 목소리에 밝은색 머리카락의 소녀는 확 돌아봤다.

"응!"

　엠마는 웃으며 모여 있는 가족들에게 달려갔다. 언니의 이름을 부른 어린 소녀가 그 손을 잡아끌었다.

"엠마, 기다렸잖아."

"캐롤, 미안!"

　곁에서 길다가 어이없다는 듯 한숨을 쉬었다.

"아니, 캐롤도 얌전하게 기다리고 있는데 왜 엠마가 자꾸 어딜 가 버리는 거야."

"미안 미안."

"정말 그런 점은 변하질 않았다니까."

　돈이 어깨를 흔들며 웃었다. 그곳에는 이미 많은 사람이 모여 있었다. 레이가 좀 떨어진 곳에 있는 카메라를 턱으로 가리켰다.

"자, 찍는다."

"이제 다 모인 건가?"

　노먼이 그 자리에 모인 얼굴들을 둘러봤다.

"응!"

"다 모였어."

골디 펀드에서 만난 동료, 람다에서 함께 살아남은 전우, 하우스를 탈옥한 형제들. 그리고 구출한 무렵에는 아직 어렸던 동생들.

다 담아내기 어려울 정도로 많은 웃음이 모인 가족사진이다.

카메라를 들여다본 노인이 난처한 듯 수염을 만지작거렸다. 삼각대 위치를 바꾸고 다시 카메라를 들여다봤다.

"워낙 많으니까. 좀 더 모여 설 수 있겠니?"

"다들 붙어, 붙어!"

엠마가 신호하고, 아이들은 모두가 나올 수 있도록 몸을 바짝 붙였다.

"자, 엠마는 좀 더 앞으로 나가고."

"노먼이랑 레이도!"

크리스티가 노먼의 손을 잡아 끌고, 앞에 있던 필과 셸리가 레이를 끌어내렸다.

그 사이에 있던 엠마가 노먼과 레이, 두 사람에게 어깨동무를 했다. 그 시절처럼 천진하게, 구김살 없이.

"찍는다, 웃어!"

셔터 소리가 울리고, 활짝 웃는 가족의 모습이 또 한 장, 새 필름으로 남았다.

「약속의 네버랜드 ~추억의 필름들~」 마침

약속의
네버랜드 THE PROMISED NEVERLAND
~추억의 필름들~

❋ 시라이 카이우 ─────

원작 담당. 2016년 『소년 점프+』 단편 작품 『포피의 소원』으로, 작화 데미즈 선생님과 첫 콤비 작품을 발표. 같은 해 8월부터 『약속의 네버랜드』를 『주간 소년 점프』에서 연재 중.

❋ 데미즈 포스카 ─────

작화 담당. 〈pixiv〉에서 일러스트레이터로 인기를 모으는 한편 아동만화가, 장정화가 등 다방면에서 활약. 2016년 8월부터 『약속의 네버랜드』를 『주간 소년 점프』에서 연재 중.

❋ 나나오 ─────

점프 소설 신인상 jNGP'12 Spring 특별상. 『은여우』, 『오늘은 회사 쉬겠습니다』 노벨라이즈를 담당.

약속의 네버랜드
~추억의 필름들~

————

2024년 8월 10일 초판 발행

원작 시라이 카이우 | **그림** 데미즈 포스카 | **소설** 나나오 | **옮긴이** 서현아
발행인 정동훈 | **편집인** 여영아
편집 팀장 황정아 김은실 | **편집** 노혜림
발행처 (주)학산문화사 | 서울특별시 동작구 상도로 282 학산빌딩
편집부 02.828.8838(전화), 02.816.6471(팩스) | **영업부** 02.828.8986(전화), 02.828.8890(팩스)
홈페이지 www.haksanpub.co.kr | **등록** 1995년 7월 1일 | **등록번호** 제3-632호

————

YAKUSOKU NO NEVERLAND -OMOIDE NO FILM TACHI-
©2020 by Kaiu Shirai, Posuka Demizu, Nanao
All rights reserved.
First published in Japan in 2020 by SHUEISHA Inc., Tokyo.
Korean translation rights in Republic of Korea arranged by SHUEISHA Inc.
through THE SAKAI AGENCY.
Korean edition, for distribution and sale in Republic of Korea only.
이 책의 한국어판 저작권은 일본 集英社와의 독점계약으로 독점계약으로 (주)학산문화사에 있습니다.
저작권법에 의해 한국 내에서 보호를 받는 저작물이므로 불법 복제와 스캔 등을 이용한
무단 전재 및 유포·공유 시 법적 제재를 받게 됨을 알려드립니다.

————

ISBN 979-11-411-0038-4 03830

값 7,000원